KB022264

얼룩말 상자

민음의 시 ● 317

얼룩말 상자

배진우 시집

민음사

자서(自序)

물을 엎지르지 않는 너와 창가에서
비를 보는 것도 일인 것처럼 오래 서 있었다

2023년 9월
배진우

차 례

3부

1부

내 몸에는 남는 방이 있었다

접어도

—

내 몸에는 삼각도 사각도 없다

—

내가 가진 주름은 모두 홀수인 것을 알았다

—

홀수까지만 세다가 포기한 건 나중에서야 알았다

—

모서리

서로의 태몽을 거두어들인 밤 달이 네모지다

가지지 못해 내 것이 된 것들
나를 보고
마음이 마음을 잃어버렸다

주름의 속성에서 멀리 벗어나지 못하는 파도
내 비밀이 있다면 영영 굳지 않는다는 것

있다면 그곳은 만지기 위한 곳
봉합에 실패하여 너덜너덜 부는 바람도
낡아 부스럼 많은 새벽도 스치는지 모르게
재회가 있다면

네모난 달맞이를 끝내며
각지지 않은 것을 숭배하던 부족은
환호를 지르며 아무것도 하지 못했을까
신음으로 밤을 낭비하던 입술은 모서리를 닮아 가고

다섯 번째 발가락에서
부끄럽게 피고 지는 물집이 자랐다
만지면 만질수록 딱딱하게

지독한 농담처럼
나를 불러 줘 빠르게 읽어 줘

유통기한 없는 비누를 연구하는 이들이
환생하여 그것으로 몸을 닦거나
매끄럽게 달에 이르는 거리를 잰다는데

없을 듯한 동작을 반복했다
세상은 세상의 모습이 아니었으니까
어려운 것은 없었다

모서리를 닮아 가는 사람들이 자신의 태몽을
두 번 꾸었다는 여담을 들었다

없던 일

75리터 쓰레기봉투 끝이 매듭짓지 못해 흔들린다
타면 불이 되고 곧 그렇게 될 것을 예감할 때처럼
비는 떨어지는 곳마다 다른 소리를 낸다
젖지는 않고 축축해져만 가도록
재질이 그러했다
원탁의 형상을 한 채 눕거나 선 자세로
노출된 공복을 품고 전봇대 주변으로 봉투들이 모여
있다
출처를 잊은 영수증, 구멍이 많은 원피스, 비닐, 비닐
반은 투명하고 반은 막혀 있어서
알록달록한 장기를 보이며 얇은 막 하나를 두고 대치한다
쓰레기봉투는 자신의 근력을 모두 드러내고 산다
꾸역꾸역 끝을 눌렀던 힘이 손끝에 오래 남는다
서둘러 찾아온 밤이 봉투 곁을 핥다가 머무른다
바닥부터 기어오르던 열점이 영감처럼 스치고
내가 찍었던 방점에서 습기를 지운다
여중생 한 명이 창백한 봉투들 앞에서 정지한다
걷다가 신발 끈이 풀리면 누군가 나를 생각하고 있는 거
라는 미신을 믿으면서

신발 끈을 묶는다 나비매듭이 날 것처럼 흔들린다

이 구역에서 저 구역으로 넘어가면 잃어버리는 감각이
있다

봉투가 잃어버린 지붕을 마저 지어 주는 이는 없었다

비닐 속 비닐이 맞닿아 뭉치고

선을 따라 젖지는 않고 축축한 채 안에서 안으로 흐른다

쓰레기봉투가 모여 있다

처음부터 없던 일처럼

사물의 월식

달이 한 주기를 끝내면
시선부터 의심한다

렌즈를 끼고 잠이 들었던 하루
눈 뒤로 넘어간 렌즈는 원래 목적을 잃고 흰자 검은자
를 오가며
볼 수 없던 나의 안을 보고
시력이 가담할 수 없던 뒤편으로 숨고는
다시 원래 자리로 돌아오곤 했다

눈동자를 한 바퀴 돌아온 렌즈는 월식을 끝낸 달처럼
나와 가까워졌다

눈을 감았다 떴을 때 잔상이 만든 얼룩을
렌즈가 기억하던 크레이터라 믿었던 날
별자리처럼 그럴듯한 기분이 들었다

부패한 각도에 따라 흔들리는 달의 종류는
물건 아닌 물건 같아서

시선부터 의심한다

누군가에게 편지를 쓴다는 건
달의 시작을 궁금해하며
여백에서 안부를 채우는 일
손 그림자에 묻힌
앞에 쓴 필체가 낯설게 기울었다

반달 같은 눈을 하고 보면
사연으로 부푼 사물이
지금과 가깝고 지금이 아픈
첫 문장을 괴롭힌다

눈 안에서 달을 대신해 공전하던 렌즈가 있었다
왜곡된 다른 사람의 원근을 무시하던

나는 달과
달이 아닌 먼 것들에 관하여
시선부터 의심한다

숲과 숲

숲이 숲을 향해 갔다
의자에 앉아 숲을 고르고
계절과 상관없이 낮은 짧았고 밤은 그랬다

보이지 않는 적을 향할 때면 발은
스테이플러와 같은 활력을 가지고 지면을 눌렀다
상상의 숲과 고심 끝에 고른 숲이 다르지 않았다

이 싸움은 어디에서 시작되었는가
완전한 침묵만이 승전보를 대신할 수 있다

불행이 배경이 된 탓에 불감증 환자처럼 입고
생각해 온 물건을 구하기 위해 밖으로 나온다
잘 서 있다가도 중심을 잡으라는 말에 휘청인다
유통기한이 긴 우유는 뒤에 있듯 숲을 기다린다
끝날 기미가 보일 때까지
사람이 몇 가지 색을 품고 살았을지 고민하고
색의 두께를 궁금해했을 색맹이
손톱이 물들도록 색을 긁는다

카디건 첫 번째 단추를 세 번째 구멍에 넣으면
손가락이 몇 개 들어갈 공간이 생긴다
폐허라 불러도 좋았다

숲의 슬픔인 마음으로 먼 곳에서 관측을 하고

숲 과 숲이 대립한다
고른 숲이 선택된 숲은 아니듯
나무들에게 무언가를 놓고 올 수 있었다면

숲이 숲을 향해 가지 않았다면
숲이 숲을 향해 오지 않았다면
숲 과 숲은 까맣게 인사를 주고받고

스스로 화법을 익힌 계절이 숲을 스친다
숲이 숲이 되고 싶었다
아직도 다 말하지 못한 숲이 있다

아래로 가는 시간과 위로 가는 시간이 다르지 않았다

1의 애인

외국에 있는 애인에게 전화를 걸었다
애인이 지금 없어서
저편에서 시작된 수화기 소리는 바르다
어려운 일을 어렵게 하였고
입 밖으로 아무것도 내보낼 수 없어서
빈 대답을 자주 믿고 있다

애인이 이미 한번 접힌 선을 따라
상자를 접을 때
멈출 수 없었던 막다른 골목이 떠오르고
치익 길게 테이프를 끊고
상자에 붙이는 애인
둘이 들어갔다가 혼자 나올 수밖에 없는
골목의 각도와
허물기 좋았던 가로등 빛과
그 시절 애인의 행동은
낯선 기호 같았는데

나는 데이트 도중 번역 투 문장을 종종 말하였고

먼 곳을 설명할 때
애인의 눈은 깊게 닫혀 있거나
답이 될 수도 있었지만

나는 나의 방식대로 어른이 되었고
0을 위한 공식처럼 종종
활짝 웃어 보이기도 했을 것이다

애인의 습관이 밤과 낮을 바꾸고
테이프 안쪽에는 애인의 지문이 찍혀 있다
막다른 골목마다
가는 사람과 따라가는 사람의 고민이 남고
보이지 않는 것을 자주 믿었다

책임지지 못할 우연처럼 지금은
당신이 나에게로 와서 설득할 거리다

부분

*

파란색 아이를 사랑해야지 파란색 아이를 사랑해야지

*

나는 무얼 사랑하고 있었니

*

자주 하품하던
당신 있기에
이 글 시작한다

속삭일 때 소리
그리고 체리 정도로

빅 데이터를 모르면 지금은 취직할 수 없단다
티니위니 노란색 니트 조끼를 입은 할아버지는 말했다
티니위니 노란색 니트 조끼를 입은 할아버지에게는 많
은 것이 내포되어 있다
정보에는 느낌도 담겨 있는 법이란다

> 멈추어도 좋겠으나 이어 보기로 한다

할아버지는 세상이 무너질 거라는 낙서를 더는 하지
않는다
손바닥 위로 상처 만들지 않는다

우리 꼭 만나자
체리 정도로 발화
체리 정도로 발음

체리 정도 하품하며
체리 정도로 사랑할까 봐
체리 정도 말하고 체리 정도밖에 할 게 없어서
체리 정도만 나를
체리 정도만 더 있다가 가면 안 될까
세상은 쌓이고 쌓이는 체리 정도로

만화를 좋아했다
그곳에서는 그 노래를 가장 잘 부르는 사람이

노래 주인이 되는 구조이고
노래 주인이 세 번 바뀌는 동안
체리는 굴렀다

머무를 수 없는 노래에는
춤출 수 있는 공간이 많았다
그러니 숫자처럼 춤추던 당신이랑

개인이 정보 활용에 동의하는 것은 개인의 느낌보다 더
위대할지도 모른다

있었더라면 당신이 산책 갈 시간이고
나는 산책을 가야 해 그렇게 말할 시간이었지만
이건 무얼 더 의미하는가
어떤 주름이 느낌을 느낌으로 만드는가
이 정보에는 어떤 의미가 더 담기는가를 찾는다

이 글은 어디에선가 멈추어야 했다 그러나 체리는 구르
는 기능을 학습했다

> 할아버지
　다섯 살에서 일곱 살 정도 되어 보이는 귀신이 보인다
고 하는 친구에게
　무슨 말을 해야 할까요?

　체리 정도로 하품을 하고
　체리 정도로 속삭이고
　체리 정도 입 벌리고 있으면
　나와 너는
　그 옆에는 체리

　손바닥을 보이면
　손바닥을 가져와 체리 정도로 숨을 쉬어 주던 사람

　다섯 살에서 일곱 살 정도 되어 보이는 아이는 이름이
길고 특수한 것을 좋아한다 그 나이는 그러했다 길고 강
한 것 남들은 할 수 없는 것 이를테면
　그렇게 만들어진 것들

지구인이 만든 것으로 지구인이 아닌 것을 무찌를 수
없었다
위태로운 만화 주인공은 노래를 불렀다 잠시 주인처럼
내 것도 네 것도 아닌 노래를 아무것도 아닌 노래로 적
을 상대했다

체리는 체리지만
이 글에서 궁극적으로 체리는 끝 하지 못한다는 걸

파랑 뒤 딱딱한 손바닥
다시 체리
체리 뒤 체리

하품을 잃고 눈도 사라지지만
체리만이 남아 있다
살아 있을 수도 있다

체리 정도로 눈을 뜨면
놀란 것이고

체리 정도로 하품을 하면
그것은 나를 멈추게 하는 것이기도 했고
더 많은 느낌과 정보를 알고서
우리가 만났을지도 모르는 것이지만
어렵고

그리고 체리
당분간 나는

싸움

내 안에서 가장 강한 것들을 속삭인다
여름과 여름 사이에
침묵과 여백 사이에
난간에 앉은 사람과 누워 있는 사람 사이에
물의 주름 하지만
멈추지 못했던 것들 사이에

숲의 이름은
숲을 숲이라 믿었던 이가 만들었으면 좋겠다

숲의 바닥에는 유리가 버려져 있다
있던 물건이 바닥으로 향하는 일에는 오해가 없다
오래 훔쳐본 유리일수록 빨리 녹는다 오래 지켜본 눈일수록
쉽게 잠긴다
내 상상은 멈추어서 비록 시작한다
유리 위에 유리가 날카롭게 포개어진다

종이 끝에 창문을 그리는 버릇이 있었다

나도 나를 만든 적은 없었지만
여름에서 여름을 여름에게 여름을
숲도 길을 품은 적이 있다는 걸

먼 곳에서 번지는 병처럼 곧 슬퍼할 순서처럼
숲의 이름은 그렇게 만들어질 것만 같아서

규칙 없는 놀이를 하던 아이들에게 더운 그림자를 던져
주고
내일도 숲을 고민한다

이야기가 없기에 단단한 것들을 알고 있다

숲이 멈추고 숲을 걸으면
나도 나를 이용할 수 있는 일이 생겼다

보이지 않는 도시

어느 도시의 밤에는 한 번 접혔다가 퍼진 상자처럼 어색한 선이 생깁니다 사람들은 그 선으로 다른 지역과 경계를 두지만, 선은 다만 상징일 뿐 그 이상도 이하도 아닙니다 노을이 질 때 하늘 끝에서 하늘 끝으로 선이 지워져 갑니다 그 순간 어느 도시에서는 소리가 납니다 태엽이 맞물려 가다가 잠시 멈춘 소리 같기도 하고 작은 꽃들이 떨어져 깨지는 소리 같기도 합니다 노을이 지면서 나는 소리인지 하늘에 선이 그어지며 생기는 소리인지 도시 사람들은 물론 누구도 알지 못합니다 어느 도시에서든 비는 내리고 비를 맞는 사람이 있고 타닥타닥 소리가 납니다 노을이 지고 하늘에 선이 그어지고 비는 내리고 너무 강하거나 너무 약한 것이 아니었기에 듣는 것일 테고 소리에서 모습을 찾을 수 있었던 까닭을

동그란 소리 동그랗고 헐렁한 소리 그래서 오해하기 좋은 소리를 어느 도시에서 찾았습니다

도시에서 있었던 일은 도시에 머물고
선이 선에게 지워지는 소리를 들었을 때 저는

예언자와 인터뷰를 하는 것처럼 이상한 기분이 들었습
니다

사실대로 난 소문처럼 잠시 고요할 때가 있었고
정말
닮고 싶은 밤처럼 늦은 예감을 하나둘 정리했습니다
만질 수 없는 것을 만졌을 때 기분을 물어보고 싶습니다
어둠에도 뼈가 있다고 믿으십니까?
수상해서 너무 수상해서
저는 뼈에게 감정이 있다고 생각합니다

얇은 방

오랜 시간 보지 못한 친구에게서 가지런한 소문 같은 것을 느낀다

전구를 갈아 끼우다가 요령이 부족한 까닭에 몇 번이고 나는 바닥으로 떨어졌다

떨어질 때마다 옆방 사람들이 찾아왔다 내 방에서 흔들리는 의자 다리 같은 것이 서러웠다고 수명을 다한 것은 깜빡거리니까 새벽이 찾아오면 종이 한 장 위에 박힌 스테이플러 심처럼 멍청해지고는 했다

깜빡이는 것이 무서워 방법이 있어 전구보다 눈을 더 빨리 감았다 뜨면 돼 그의 말을 따라 빠르게 눈을 감았다 떴다 세상은 온통 빛이거나 온통 어둠이었다

사랑하고 있는 짝사랑이 사랑하고 있는 짝사랑처럼
기다리는 사람은 기다려야만 오는 것일까
기다리는 사람은 오고 있어서 오지 않는 것일까
전구는 끝을 향해 깜빡이고 오고 있어서 오지 않는 친구와

눈 감을 때 만들어지는 표정 같은 것이 홀로 그리워지고

깜빡거리니까 깜빡일 때마다 나는 내 삶의 취향 이상
은 되지 못하였다

계약

너는 왜 우리를 했냐고 묻는다
너는 자주 사랑했으니까
덜 마른 몇 개의 이름을 주겠지

귀가 태아의 형상을 닮았다
귓불은 머리를 귓바퀴는 움츠린 태아를 떠올리게 한다고
산모의 귀를 보고 돌아올 아이의 미래를 짐작해 보자
마음에도 질서가 생겼다

이방인이 쓴 편지처럼 꾹꾹 누른 흔적이 눈에 담겨 있
어요
스스로 머리카락 수를 셀 수 없다면 다른 사람이 대신
세어 줄 수는 있나요
너는 왜 우리를 했냐고 묻는다

귀걸이가 귀에 걸렸다 자주 흔들린다 금속이 축축해져
간다
원인을 뚫고 가는 진실
알 것 같았지만, 알아서 모르겠는 상황들이 지나가고

처음 사람을 불러 봤을 때처럼
나는 말이 없다

최초로 만들어진 이는 누구 귀를 닮았는가
귀가 먼저인가 귀 이후로 다른 것이 있었을까
과거를 자세로 배운다
태아가 귀의 형상을 닮았다

나를 이유 없이 싫어하는 이에게
꼭 한 가지 이유를 선사해 줄 것이다

아픈 자가 아프다고 했다
소리가 아닌 색이 들어차서
손바닥으로 귀를 막고 작은 압력을 만든다
색이 꿈을 닮아 간다

우리가 이토록 큰 것은
많은 질문을 귀로 들었기 때문이다
귀가 귀를 닮아 간다

덮은

눈 뒤에서 일어날 수 있는 동작은 작고
나는 무엇에 깊어하고 있었을까

덮은 상처의 모양을 생각하고 만든 첫 번째 물건
상처를 만들어 본 사람만이
상처에 대해 고민했을 것이라는 믿음이 있고

덮은 덫을 닮았다
상처는 상처를 닮았고
상처와 덫이 자리를 바꾸고
덫 위와 덫 아래에 있는 고요가 다를 때
한 동작을 앞서가고 있는 것만 같고
물건이 있고 상상이 있고
어떤 일이 일어날 것만 같았다

흉터는 상처를 주는 물건과 닮아 간다
상처가 상처를 지우고
상처가 상처 위에 생긴다는 것은
경험보다 그럴듯한 말 같았고

내가 보고 싶어 했던 사람
중독되어 있는 사람의 내용처럼 어두워진다

생각을 하면 생각을 할수록
상상을 위해 상상하는 시간을
어떤 일이 일어날 것도 같았다

네가 말하지 않아서 나는 물을 것이 없다
사람 때문에 무너지는 사람은 이미
아름다운 질문을 떠올리고 있다
나를 싫어하는 사람들은 나를 싫어한다

일주일 전 꿈에서 키우던 나무가 스스로 나이테 활용
법을 알았다
　꿈에서 나무가 나무로 자라야만 하는 이유를 찾고 한
쪽이 사라진다
　나무와 그늘이 있는 곳에 눅눅한 함정이 있다 그곳에서
　어떤 일이 일어날 것만 같다

알고 있다
망설이다가 생긴 상처들이 더욱 많다는 것을
나는 내가 해결할 수 있는 문제만이 문제가 된다는 것을
나는 내가 해결할 수 있는 문제만을 일으켰다
나는 나의 몫만 사랑하기로 한다
음모 없는 작전처럼 사랑하기로 한다

덫을 닮은 덫 덫을 닮은 덫 덫을 닮은 덫 덫을 닮은 덫
덫을 닮은 덫
　책장은 책장을 향수는 향수를 자전거 여행은 자전거
여행을 닮는다
　달이 없던 여덟 번째 밤은 밤과 멀어지지 못하고
　눈 뒤에서 감을 수 있는 눈을 감는다
　덫이 있던 자리에 덫이 사라지듯 곧 상처만 남는다
　상처는 상처처럼 생기고
　덫을 덫처럼 생각한다

　사실은 여러 개가 있고
　잘못은 정확하게만 일어날 수밖에

덫을 닮은 덫 덫을 닮은 덫 덫을 닮은 덫
덫을 닮은 덫

나의 상상에 누군가의 단어가 없고
어떤 일이 일어나고 있다

코너

아이는 버스가 아프다고 한다
버스에서는 파스 냄새가 난다
기사는 정면을 보고
나는 노래를 듣는다
할 수 있는 걸 한다
파스를 붙이고 있던 노인이 잠을 잔다
정류장에서는 멈추었고
일부 정류장은 지나쳤다
해야 할 일을 생각하면
거리는 더욱 거리 같았지만
아이는 손잡이를
버스 일부를
버스의 뼈라 생각하고 있다
아이는 계속 버스가 아프다고 한다
손잡이는 때때로 출렁이지만
손은 딱딱하다
이번 여름은 너무 더웠다
버스 옆으로 앰뷸런스 한 대가 지나간다
앰뷸런스 같은 속도로

내가 듣던 소리가 사이렌 소리와 겹친다

아이는 아픈 버스를 위해 앰뷸런스가 왔다고 말한다

지금은 도래하지 않았던 것이 그때에는 있었을까

모르는 사람이 모르던 정류장에서 버스를 탄다

아이가 잠들 것 같다

나는 당신과 마무리 짓지 못했던 전화를 하고 있다

휴대폰 너머 사이렌 소리가 들린다

버스 옆을 지나쳐 간 앰뷸런스가 당신 근처로 갔을까

아픈 사람을 향해 갈 때와 아픈 사람을 싣고 갈 때

사이렌 소리가 다르지 않다

이 안에서 불안을 연습한다

당신이 당신은

소식조차 가지지 못하는 사람이 되었다고 한다

당신의 발음을 듣고 당신이 살았던 곳을 순서적으로 생각한다

처음부터 폐업 정리 현수막을 두르고 이불을 파는 가게가 있다

숲이 너무 숲 같아서 움직이지 않는다

고장난 것 같다고 아이는 말한다

간단하게 생긴 놀이터를 지나친다

노인이 내릴 준비를 한다

아이는 버스가 아프다고 한다

멈출 수 없다

아이가 자기 몫의 음료를 모두 마실 때까지

눈을 깜빡이지 않았다

당신과 대화를 하는 동안 나도 그랬다

아이는 등받이보다 작다

노인이 움직인다

버스가 움직인다

상자

우리가 전시회 입구를 잘못 찾아
출구로부터 시작했던 것을 기억한다

전시는 주제가 필요했다
조각이었거나 문신이나 도구와 책이거나
하지만 결국은
많은 것에 영향을 끼치지 못할 것이다

출구에서부터 입구이거나 또는 그렇지 않거나
방향을 따라 걸으면 걸을수록
바뀌는 것은 많았지만
우리가 처음 시작했던 곳을
당분간 알 수 없었지만

내가 주는 애정은 단어 같아서
끊어지고
그것은 자연스럽지 못하고

미래에서 제일 먼저 사라질 신체 부위는 어떤 걸까

움직이는 몸은 멈출 줄 모르고

끝날 때가 되어 끝이 나면
슬플 테니까
아직 움직이는 결정

비가 오면
세상에서 제일 먼저 젖는 상자처럼
사라질까
우리는 무서워
많이 걷는다
묻고 대답을 기다린다

전시회 입구를 잘못 찾아서
무엇과 역으로 걸을 때
관람객은 우리가 주제인 것처럼
우리를 본다
그러나
우리는

주제처럼 보이는 법을 모른다

거꾸로 더듬는 곳마다
보풀이 일어난다

세상에서 제일 먼저 젖는 상자처럼
움직인다

불 꺼진 장소에서는
숨을 참고
숨 쉬는 걸 잊으면서도
숨 쉰다는 것을 믿으면서
주제를 찾겠지만

원래대로 걸어오던 사람의 눈에
부피만이 선명하고
관람객이 우리를 보고

놓고 온 걸

> 떠올릴 때

왼손잡이용 햄버거

한입 베어 물면 햄버거는 시작합니다

왼손잡이에게는 왼손잡이용 햄버거가
오른손잡이에게는 오른손잡이용 햄버거가 필요합니다
양손으로 잡고 먹던 경험은
햄버거의 회전을 고려하지 못한 일
좌지우지해도
두 손 모두 난해해 보이니까
쉽게 풀리는 포장지를 벗기면서
구매 후 빠른 시간 내에 의심을 해야 했습니다
정확하게 먹고 싶은 음식은 종종 식욕을 앞서가고

일식은 태양이 달에 가려지는 것입니까?
달이 태양에게 가려지는 것입니까?
그랬다면 지구는 어디에?
문은 미는 것이 맞겠습니까?
당기는 것이 맞겠습니까?
그랬다면 나는

양파나 토마토처럼
햄버거에는 둥근 것이 들어갑니다
둥글지 않은 것은
둥글게 만들어 넣습니다
재료의 순서는 정확합니다
참깨빵 위에 순 쇠고기 패티 두 장 특별한 소스 양상추……

치즈를 들추어 피클을 빼기 위해 주춤하다가
맛에도 순서가 있었고
따라온 그늘이 자기 자신을 덮어 가는 중이면
식은 음식과 보낸 시간들
끝에서는 음력처럼 속삭이던 나날을 잠시 떠올릴지도

한쪽이 부족한 사람이
왼쪽 벽을 잡고 따라가는 애인의 기념일을 기억하고
누가 나를 사랑해 달라고 했나요?
질문이 지워질 때까지
답변을 대신하는 물음들만 있습니다

햄버거를 앞에 두고 짧게 명상하는 사람도 있었고
나는 그에게서 멀리 돌아왔습니까?
같은 층을 나누어 가졌지만
햄버거는 빵 — 패티 — 빵
일식은 태양 — 달 — 지구

틀린 문제만 틀립니다
물음과 거짓말은 서로 자리를
바꿀 줄 알고 있습니다
일식은 자기보다 작은 것을 삼킵니다
한입 베어 물면
들쭉날쭉 자국이 남고
가지런한 것은 바깥에

어느 곳이든 햄버거는 시작합니다

포장 풀린 상자는 상자와 같아서

*

파란색 아이를 사랑해야지 파란색 아이만 사랑해야지

*

너는 무얼 사랑하고 있었니

*

나무에게 실수하지 않아서 다행이다
약간의 식물을 더 준비했다

여름이 오기 전 사랑니를 뽑아야겠지
쓰러질까 봐 무서웠고 나는 아무것도 아니었다

여백에게 실수하지 않아서 다행이다
여백은 비워 두는 게 아니라 기록하는 것

부를 때 휘파람이 나오는 이름이 있다
  휘파람이 나오는 사람의 이름을 부르다가 휘파람을 불
었다

表정으로 실수한 것이 마음에 걸린다
역할을 모르는 배우가 방에 있다

역할을 모르던 배우에게 이름이 생겼다
배우는 휘파람이 나오는 이름을 부르다
몇 번이고 이름 대신 휘파람만 불었다
중요한 장면에서 이름 대신 휘파람만 불었다
이름을 중얼거리며 몇 번이고 울었다
배우는 이름을 오래 부를 수 없었다

식물 타고 있다 근처 초록색 소리 없다

내 이름은 그림 같다고 했다 누운 유리병처럼
배우는 나의 이름을 몇 번 따라 했다
눕고 앉기도 하였으며
내가 볼 수 없는 곳까지 달려가 투명해지기도 했었다

부디

몸에 불을 붙이고 오래 버티어야 했던 그가
내가 만들어 준 조각보를 어디에 이용해야 할까 물었다
그가 실수할까 봐 나는 소리 없다

내가 만든 것은 내 것이어야 했고
당신이 만든 것은 당신의 것이어야 했는데

*

사랑을 한 적이 있다 사랑을 할 때까지만 사랑을 했다

*

세상에서 제일 큰 휘파람 소리

*

아무도 실수하지 않는다

*

밤에는 검은 모래 밤에는 검은 모래 밤에는 검은 모래
밤에는 검은 모래

연구

버스 뒷좌석에 앉은 나무에게 문자가 왔다

논문 심사와 관련된 내용이다

연구 주제를 며칠까지 학과 사무실로 알려 달라는 문
자를 보고

나무는 버스 창문에 붙어 한숨을 쉰다

집에서 정류장까지 뛰어온 탓에 기대지 않은 쪽 얼굴에
는 땀이 흐른다

나무는 학생임에도 불구하고 궁금한 것이 없다

문제도 답도 제시하지 않는다

집으로 돌아온 나무는 옥스퍼드 공책을 꺼낸다

나무가 필기한 것이 이곳저곳 적혀 있다

비슷하지 못한 필체로

웃으면서 맞지 않는다

그렇게 쓰여 있다

나무는 맞을 때와 때릴 때만 궁금한 것이 생기는 자신
이 밉다

미울 때마다 자기를 때리고 자기가 맞는다

맞거나 때리고 나면 궁금했던 것이 어느새 그렇지가 않다

나무는 살 것만 같다

자신을 때릴 때는 어떠한 표정도 짓지 않는다

맞기 위해서 때리기 위해서 지어야 할 표정 같은 건 어디에도 없지만 없어서

나무는 슬픈가 하지만

이것 또한 나무를 위함이다

공책에는 다른 것도 적혀 있지만

중요한 것이 아니게 된다

책상을 치우고 노트북 앞에 앉은 나무는

타자를 몇 번 몇 번 몇 번 몇 번 친다

무슨 결심이라도 한 것만 같다

나무의 의지는 아니지만 노트북에서는 소리가 난다

나무에게 감정을 불어넣기 위함이다 그건 중요하지 않다

나무가 그 방에서 번질 때

나무는 궁금한 것이 없다

나무를 궁금해하는 것은 있을지 모르지만

나무의 방에는 빛을 내는 물건이 없다

빛이 나는 것은 노트북뿐이다

방에서 소리가 난다 방금

나무의 글에 제목이 정해졌다
나를 위한 연구라 적혀 있다

2부

창문 없는 방

방음이 되지 않다는 것은
건물이 약하다는 뜻이다

다만 건축적일 뿐이라고
생각하기로 했다

내일도
어제도
몸 밖에서는 더 많은 일이 일어난다

소리가 많이 새는 사람은
숨고 싶은 사람이다

쓰러질 때마다 흔들리고
흔들릴 때마다 흔들리고
슬프게도
그 사람과 나는 쓰러지는 방향이 달랐다

여기는 이상하다

책갈피 서사

방향을 좋아하는 눈빛이
책갈피를 끼운 페이지에서 머뭇거린다

밖에선
말을 더듬던 남자가
손잡는 걸 싫어하던 애인에게
새로운 방법을 설명해 주었다

낮에 찾은 단어처럼
고양이의 동료는 기지개를 켠다

첫 고백을 훔친 계절이 있었고
익숙하지 않아서 좋은 문장에 밑줄을 그었다

고양이가 아프면 무슨 색으로
덮어 주어야 하나
무늬와 발자국
겨울에 태어난 동물에게는 하얀 애칭이
고양이는 고양이만 떠올리게 하니까

> 멈춘 책장마다
어두운 호기심에서 시작된 서사가 있다
짧은 범죄와 그로 인한 갈등
마른 입술을 가진 나와
더듬거리는 배경이

어두우면
고양이가 운다
고양이는 앞으로도
둥근 것이 밤인 줄 알고

얼룩말 상자

너는 그중 여름을 가장 잘한다

과일을 올려놓는 접시
과일을 올려놓는 접시 위에 접시를 놓으면 불안해지고
는 했다

너는 내 손을 잡는다
한 번도 손을 떼지 않고 그림 그리는 법을 알려 줄게
너는 나의 손을 잡고 나는 너에게 손을 주고
손 위에 손
꽃을 그린다 집을 그린다 창문을 그린다 창문 옆 꽃을
그린다 선반을 그린다 선반 위 처음 배열된 책을 그린다
나는 나를 은근히 놓는다
색은 칠하지 않는다
좁은 선 커다란 선 꽃과 집과 그리기 쉽다고 생각하는
것을 그렸다
색이 없어서 흔들리지 않고
한 번도 손을 떼지 않고 그린 그림이다
몇 개의 흔적 몇 개의 멈춤과 고민 몇몇의 반복

이 그림을 상자에 넣어야겠다
나와 너가 아닌 사람이 이 그림을 본다면
몇 번 멈추었다고 생각할까

나는 종종 여름을 하다가 멈추었다

우리가 간 식당 테이블은 언제나 조금 작았다
그릇 밑에 그릇을 두고 그릇과 그릇을 포개어 밥을 먹
었다
그럴 때마다 그것은 좋지 않은 것이라 했다

미신 쪽에 가까운 거야 예의 쪽에 가까운 거야
네가 싫다고 할 때마다 나는
예의와 미신을 말했다
너는 그릇 밑에 그릇이 있는 것에 불편해했다
그릇 밑에 그릇을 두고 반찬을 집어먹는 것은 좋지 않
다고 했다
나는 너의 손 위에 내 손이 손이 아니어도 좋다고 했다

너는 여름과 어울리지 않은 적이 없었고

사진 찍는 걸 좋아하던 네가 사진 찍는 걸 배우고 배운 것을 나에게 설명해 준다

선생은 질릴 때까지 사진을 찍어 보래 어떻게 해야 사진을 잘 찍을 수 있는지 따위는 말해 주지 않아 찍어 온 사진을 보고 이야기해

이것은 좋다 이것은 좋지 않다 이렇게는 찍지 않는 것이 좋겠다 하면서

그렇게 사진을 버리는 거야

좋은 사진을 찍는 법은 모르지만

버리고 버리다가 남는 게 좋은 사진이라고 배우는 거지

우리는 그렇게 사진을 배웠다 이 방법이 조금은 다른 방법이라고 생각했다

빛도 그림자도 신경 쓰지 않고 사진 찍는 우리를 좋지 않다고 했다

하지만 다른 방법 같은 것은 찾지 못했다

사진을 찍었다 사진을 버렸다 찍고 버리고를 반복했다

반복한다

  나의 뒤가 예쁘다고 했다 반복한다
  나와 닮지 않은 사람이 닮았다고 했다
  내용과 형식이 다른 것처럼 카페트에 예쁘게 퍼지는 얼
룩을 자랑했다
  어울리는 것과 어울리지 않는 것 사진을 다 찍고 가야
지만 생활이 될 수 있는 것처럼 왼쪽 눈과 오른쪽 눈 나
와 닮지 않은 사람이 닮았다고 했다 내 방에는 얼룩을 가
진 물건이 많았다 내 방이 얼룩말 같다고 했다

  나와 너는 얼룩말 상자 속에 있다

  그릇 밑에 그릇이 있거나 손 위에 손 있으면 사진을 찍
는 사진을 볼 적을 기억했다 슬픈 영상 같은 거 보면서 누
가 더 울음을 오래 참는지 내기처럼 했던 거

  너는 그중 여름을 가장 잘한다

네가 여름을 잘하고 있는 것을 생각하면서
내가 가장 잘할 수 있는 것을 생각했다

생각의 생각 생각을 위한 생각을 한다 그릇 위에 그릇
과 내용과 형식이 같지 않은 것 손 위 손 카페트에는 얼룩
이 퍼지고 사진을 찍는 사진을 남아 있는 생활을 나의 뒤
어울리는 것과 어울리지 않는 것을 제일 먼저 생각하지
않기로 했다 생각할 수 있는 것이 더 많아졌다

203

층계에 처음 올려놓는 발이 층계 끝도 디딜 수 있도록
계단은 홀수인 것이 바람직하다*

구름이 하늘을 스치면 밑줄이 그어지는 것만 같습니다

사는 것이 중요해지고

누군가 아이가 가진 걸 달라고 한 적은 처음이었고

같은 자리에 구름이 두 번 스쳐 갑니다

빛으로 사슬을 만들고
사슬로 상처를 감싸면 내일이 선명해지고

구름 뒤에 있습니다
잠들지 않기 위해 불러 주던 노래
눈을 감고 매듭을 풀던 소년병
밤이 되기 전까지 켜진 줄 몰랐던 베란다 전등이

나는 나를 사랑하는 것이 나쁜 취미라며
이번 구름은 지웁니다

슬픔으로 만들어진 것은 결국 슬픔밖에 만들지 못한걸
밤에는 빛 사이로 물고기가 헤엄칠 터이니

서로가 읽은 동화를 말하다가 이상한 침묵이 생기고

침대 옆 노랗게 핀 곰팡이를 치우다가 밖으로 나왔을 때
곰팡이가 보입니다
먹구름 움직이는 곰팡이
아스팔트 번지는 곰팡이
이를테면 우체통이나 돌 토슈즈도 곰팡이 같아서

구름이 자랍니다

내 얼굴이 사라질 때까지 사인펜으로 칠하던 군대 선임
의 취미가 봉사 활동이란 것을 알았을 때에도 구름이 있
었을까요

> 　　　　　　　　나에게는 두 개의 사인펜이 필요로 했고
하 늘 을 모 두 채 우 는 것 에 는 몇 이 필 요 할 까 요

여기서부터 구름까지 거리는 홀수입니다

* 기원전 1세기 로마의 건축가 비트루비우스의 말.

운

내가 아직 자라고 있었을 때
웅크린 채 생각했어
긴 꿈을 꾸고 있는 거야 깨어나면
팔자걸음으로 세상이 걷겠지
꿈에게 맡기고 온 꿈을 다시 거두고

당신 나의 꿈에서 담배를 입에 물었지
내뿜은 연기는 모르는 색으로 알록달록했어
뭉게뭉게 끝과 처음을 내가 한번 잡아 볼 수 있었어

진실처럼 보이지 않게 두꺼운 고백을 준비하는 일
입김으로 쓰고 지웠던 아쉬운 단어들
꽁초에 남아 있던 립스틱 자국은
어둑한 당신의 체온을 생각하게 만들었어

여백에 실패란 없으니까
침묵 속에 숨었었던 이번 일을
당신은 당신에게서

배 위에 손을 올리고 나는 잠이 들었다
보여 주고 싶지 않던 구덩이에서 손을 떼고
물 빠진 이불을 걷어 낸 후
꿈에게 맡기고 온 꿈을 다시 거두었다
오랜 대화를 나누었으니
곧 슬퍼할 길몽이다

나는 칼과 방패를 갖고
깨어나지 못했으니까
완전 무장한 채
태어나지 못했으니까

길어진 바람을 한 벌
베개 위로 나를 포개고
예리한 입술과 입술
단단한 눈썹 사이를 다물고
배 위로 손을 얹는다

비 내리는 비

비가 내린다
카페 안과 밖에서
녹음된 빗소리를 스피커로 튼다
비로소 비에게 설득되는
비가 내린다

비가 내린다
비는 미래의 일이다
낮게 나는 먼지
엎지른 웅덩이를 닦거나
마지막 컵처럼 솔직해질 수도 있었고
쌓이는 우산으로 발을 지우고
행주 삶는 냄새로 미래 느낌을 줄 수 있었고
인조 잔디 위에서 그림자가 잠시 주춤하는 것

퇴근할 때 스피커를 끄지 않았다
카페 안에서 밤새 비가 내렸다
덜 마른 유니폼을 입고
과월호 잡지를 정리하자

유유히
비가 어긋난다

한 명 이후

우리 집은
그 거리 끝이었다
생각할 시간이 많았다

한 사람이 잠들어 있다
빈집에서
늙은 거리에서
갈가리 찢긴 편지에서

방에서는 어느 곳에 서 있다가
조금만 발을 옮겨도 가까운 창이 달라졌다

지붕 위 그림자가 스치고 지붕 위 색을 더하고
아픈 곳은 자주 자리를 옮겼다

한 명이 살았고

한 명이 살고 있다는 느낌을 받는다

한 사람이 잠들어 있다

빛을 오래 가두고 싶었던 건축처럼

사이

무대 위 배우가 선다 나는 그때 필요처럼 답답해졌고 너를 두 번 본다 너를 많이 닮았다는 말을 들었다 다른 세상의 기술 같았던 너의 인상

희로애락을 담기에 너의 얼굴은 너무 작다며 가까운 벤치를 본다 지금은 딱딱한 것 앞에서 어떤 연기를 시작해야만 할 것 같다

창가 바로 앞에 꽃을 심었다 너와 함께했지만 꽃말은 홀로 좋아했던 꽃을 들고 대기실 앞을 서성인다 붉게 걸음을 유지하던 네 모습을 따라 한다

내일을 코스프레 하던 태양, 몇 개의 움직임 앞에서 정색하는 너, 달이 대역으로 살아간 밤, 나를 많이 닮았다는 사람이 나라는 걸 알았다

내가 아끼던 발음들은 너도 좋아했지 우리에게 선택은 많았고 인연은 없었다 첫 대사와는 무관한 공연이 시작되려 했다

〉 연기라도 아픈 것은 하지 않기로 한다 낫는다는 걸 보여 줄 수 없으니까 창밖에서 출처 없이 피어나는 연기를 풀어주고 싶다

무슨 일을 했는지 모를 악역으로 너는 남겠지 우리는 일기를 같이 쓰던 둘도 없는 친구니까 가파른 조명 아래 너의 뒤집힌 발성과 함께

무대 위 네가 선다 안에서 밖을 노크하던 첫 지문은 멀리 떠날 거라는 복선 같아서

낙엽이 없는 나라에서 온 사람 너는 너의 식대로 그 역할을 해낼 것이다

마지막 장소

작게 웃는 당신 감은 눈을 일부 인용하고 싶은 바람이 있다

소년과 소녀는 문을 마주 보고 있지만 네모 이상을 떠올리지 못해 사랑에 대해 말할 때 딱딱해졌다

힘들어하기 위해서는 두 명 이상의 사람이 필요합니다

낮에 보았던 것을 지운다 낮에만 보이는 것을 지운다 무심코 아름답다

소년과 소녀는 서로에게 해 주고 싶은 말이 끊이지 않고
소년이 소녀 앞에서 물집같이 굴었다는 생각으로 쉽게 잠들 수 없고
소년과 소녀는 사랑을 로고 정도로 생각하며 사랑한다
소년과 소녀는 사랑에 강하다고 들었다

소녀와 소년은 원하는 것이 그 자리에 없을 때까지 정리를 미루기로 했다

˃ 고백은 오로지 한 번만 해야 한다고 소녀는 말했다 그 이상은 주문에 가까운 것이라고 조심해야만 한다고
소년은 여러 번 고백을 하고 여러 번 조심하기로 하였다

여러 번 고백하고
여러 번 조심하고
소녀와 소년은 여러 번 외운다

소녀와 소년은 잃을 게 생겼다
소녀와 소년은 잃을 것이 처음 생겼을 때를 외운다

작게 웃는 당신 감은 눈을 일부 인용하고 싶은 바람이 있다

스물

    강의실에서 그 사람은 자신이 만든 책을 빠르게 훑어보
았다
    넘어가는 책장 소리가 그 사람 코 고는 소리와 비슷했다

    그 사람 책에는 아무것도 쓰여 있지 않은 한 페이지가
있었다
    여기는 왜 비어 있냐고 물었을 때
    빈 것이 아니라고 그 사람이 말했다
    이야기를 이야기색으로 채웠다고
    흰색과 종이는 다른 것이라 했다

    몸에서는 나쁜 소리만 나는 것 같아

    생각이 들 때마다 그 사람이 남긴 종이를 구겼다

    책상 위에서 나는 접히어
    옆에서밖에 볼 수 없는
    부푼 책을 보았다

나 또한 만들고 싶었다

흐름

무언가 되려 하는 이야기를

흐름

끝에서 읽어도 괜찮은 책을

파도

순간으로 평생을 살 것만 같았다

흐름

그러지 말자고 했었는데

물의 서사

물이 되는 꿈을 꾼 적이 있어
가만히 있으면,
방향을 잃을 것 같아서
조각조각 난 물그림자를 벗어던지고
꿈속에서 나는 물이었지만 흐르지 않았고
한 방향으로 복도를 걸으며
고민했었어
아래에서 가는 시간과 위에서 흐르는 시간을

물에게 몸을 빌리고 손을 잡았던 손을 떠올리면서
내가 한 줄, 네가 한 줄, 우리가 한 줄,
일기를 같이 썼었지
마침표를 찍으면 방울은 튀고 톡톡
어떤 사람이 생겼지 기억해
우리 모두 돌아가면서 어떤 사람이 되어 보고
손가락을 들어 하늘을 가리키며 별자리를 이어도 보고
지상에서 좋아했던 노래를 불러 주면서
서로가 잠들 때까지 깊은 속눈썹을 지켜봤어
그러다가 어떤 사람이 되어 숲으로 이어지는 꿈을 마저

꾸고
　　자갈처럼 쪼개진 꿈의 조각을 나누어 갔지
　　너의 한쪽이 나에게로 건너오면 오른손이 되는 것처럼
　　일기를 옮겨 적었던 순간처럼

　　하루가 끝나도록 바다를 응시하는 사람들에게 내일이
오고 또 하루가 올까 봐
　　누군가를 집으로 바래다주는 연습은 언제 하든 처음
하는 기분이 들었어

　　나는 세상에서 가장 강한 이야기를 품고 태어난 아이,
　　옆 아이는 한 번도 떨어지는 꿈을 꾼 적이 없는 아이,
　　샹송 첫 구절을 암기하던 아이,
　　아이의 아이,
　　아이와 아이,
　　비행기를 태워 줄게 약속했던 아이,
　　잊을 수 없는 숫자의 아이,
　　앞 아이는 손에 다른 무언가를 잡고 잠이 들면
　　꿈에서는 다른 것이 될 거라고 믿었던 아이,

스물하나 이상 향수 냄새를 기억하던 아이,

상상한 것들을 꺼내 놓고 우리 많은 이야기를 나누지
기타의 가장 두꺼운 줄과
한동안 넘어가지 않을 책장과 책갈피
주지 못한 동생의 입학 선물과
봄에서 겨울로 또다시 봄까지 이어지는 영화 팸플릿
이야기가 되고 싶었던 이야기와
상상이 되고 싶었던 상상들
그러니까 나와 우리를 말이야
파도가 일어난다면 우리들은
많은 이야기를 하고 있는 중일 거야
몇 개의 소원을 주고받으며
물이 되어 가는 꿈을

혹시라도 꿈에서라도
친구에게 잘못을 했다면
사과를 할 거야
미안하니까

더 좋은 이야기를 들려줄 거야
지금 당장 가진 이야기가 없다면
새로운 이야기를 만들어 줄 거야
멋진 주인공이 아니어도
이야기는 시작될 테고
곤경에 처할 수도 있지만
잘 해결할 거야

너의 이야기를 들려줄래?

우리는 오래오래 이곳에서
많은 물건과 많은 꿈을 만들겠지
물의 서사와 내 것을 속삭이며
젖은 모닥불과 함께
많은 이야기를 하고 있지 우리
영원히 마를 수 없는 이야기를

과일 걷기

지난겨울 과일을 두고 왔다

2차 심사는 캠프에서 진행되었다
첫날에 피구를 하다가 어깨가 빠진 056은 더 할 수 있다며 소리를 질렀다
둘째 날 심사위원은 지원자 간 열띤 토론을 기대하였지만
토론 중 사회를 보며 말을 모을 줄 아는 사람에게 가산점을 준다는 걸
선배에게 들었던 터였다 모두가 그것을 아는 모양인지
찬성도 반대도 주장하지 않으면서 다른 사람이 말하길 기다렸다

(엄숙한 분위기에서 누군가 첫 말을 꺼냈다)
과일은 잘 있을까요?
— 감독관은 채점판에 무언가를 적기 시작했다.

사람이 과일을 깎는다
여기 회사 대표는 낭비를 죄라고 생각해
그래서 껍질을 이쁘게 깎는 사람을 좋아한다고 했어

임원 후보 둘이 탈락했던 것도 과일 껍질을 두껍게 깎아서였다고

감독관은 합숙 중 과일과 과도 든 손을 유심히 지켜본다지

긴장한 033이 껍질을 더 얇게 깎으려다 베였다

(차분한 분위기에서 대화가 이어졌다)

자르다가 만 과일은 냉장고에 넣었나요?

그러게요.

―027 또는 004가 말했다. 감독관이 무언가를 적는다.

다시 담았나요? 글쎄요.

―003 또는 035가 말했다. 감독관이 무언가를 적는다.

과일이, 과일을.

―088, 070 말이 겹쳤다. 감독관이 두 사람을 번갈아 보았다.

제가 지혈했어요. 붕대를 일곱 번 감을 때에도 감독관 눈치를 살폈죠.

―감독관이 펜을 바꿨다.

고마웠어요.

해야 할 일을 했을 뿐이에요.

—과일이 인사를 전했고 056이 차분하게 답했다. 감독관이 조금 움직였다.

주제가 뭐였죠?

(침묵하고 말하고를 반복했다)

낭비는 죄야. 걸으면 바깥인데 걸을까요? 걸을까요, 우리?

과일의 바깥은 나였을까요?

안과 밖은 다를 겁니다. 많이. 그럴 겁니다. 멀리멀리.

움직이는 과일을 본 적 있습니까? 그렇습니까. 그렇습니까. 여기 계신 분들은 과일 안부를 오래 물어봐 주는 사람이군요.

밖이 원래 이렇게 묽었던가요? 그렇습니까. 낭비는 죄야. 그렇습니까. 사람이 때때로 바깥이 됩니까?

—감독관이 과일에게 우리를 인사시켰다.

저녁에는 담장이 자란다

나와 너는 새에 대해 이야기한다

날지 않는 새, 걷는 새, 낮게 나는 새, 멀리 가는 새, 아직 부러워하는 새, 잠들지 않는 새, 말하는 새, 먼저 일어난 새, 발이 없는 새, 달에 가는 새, 고장 난 새,

나와 너는 새에 대해 이야기한다

새에 대해 할 수 있는 것을 더 한다

새에게 새인 것들을 갖다 붙인다

나와 네가 새를 고민하는 동안 마카롱 위에 먼지가 쌓인다

마카롱 위에 먼지가 쌓이고 있는 것을 몰랐다

마카롱 위 먼지가 쌓이고 마카롱 위 먼지처럼 미안하다

나와 너는 더 많은 색을 이야기한다

초록과 검정, 연두, 파랑, 모래, 짙은 녹색, 빨강, 재, 분홍, 이면지, 주황,

마카롱이 하면 안 될 것만 같은 색을 고민한다

그런 색은 없을 것이라고 말을 줄인다

책상 위에는 마카롱 하나가 있다

나는 그것을 구멍이라 생각하고 너는 그것을 가짜라 생각한다

지문이 묻어날 때까지 마카롱을 만진다

나와 너는 어느 정도 새에 대해 이야기하고 싶다

나는 마카롱을 먹어 치운다면 또한 마카롱이 아닌 것

은 어디로 가는 것일까 생각한다

너는 보일듯 말듯 미소를 짓는다

방금 나도 그렇게 애매한 밀실 같은 미소를 지었을까

나와 너는 새에 대해 이야기하고 싶다

같을까 우리는 조심스럽다

많이 내리고

저녁에는 담장이 자란다

날개

*

파란색 아이는 사랑해야지 파란색 아이는 사랑해야지

*

너는 무얼 사랑하고 있었니

*

나의 기쁨

나의 슬픔

영혼이 뒤죽박죽 움직인다

그날이었다
장례식장에는 문상 온 사람보다
더 많은 신발과 우산이 있다고
형이 알려 주었다
처음 간 장례식장에서 본 것은
신발장에 있던 8절지 위 POP

형광색으로 신.발.분.실.조.심.이라 쓰여 있어

슬프기에는 알록달록한 기분이었고

형은 이곳에서 마음을 조심하라고 일렀다

마음으로 하는 소리를 이제는 죽은 사람이 들을 수 있다고

죽고 나면 마음을 알 수 있다

마음을 조심해야 했다

신발장에서 떨어진 검정색 구두가 검정색 고양이를 닮았다

뒤집힌 검정색 구두가 검정색 고양이를 닮았다

그날

당신 말하길

사람이 사람을 싫어하는 것에는 이유가 없다 했다

나를 싫어할까 봐

이유도 없이

있었다

그날은

일기를 옮겨 쓰다가 하루를 보냈다
일기를 옮겨 쓰다가 하루를 보냈다
일기를 썼다

그날에도
포스트잇으로 장난치는 걸 좋아했다
메모를 적어 옆에 있는 사람 몸에 붙였다
일이 하나 끝날 때까지 포스트잇이 붙어 있으면 좋아하
고는 했다
생활이 끝나고 포스트잇을 꽃잎인 것처럼 둥글게 모았다
꽃처럼 보이게 포스트잇으로 손가락 마디 하나를 감싼다
1층이 삼각형인 건물은 2층도 삼각형일 것이라는 의심
을 털지 못하고

그날에는
미안해, 내가 먼저 어른이 되었어

    *
나의 슬픔

나의 기쁨

나의 비

나의 별

나의 이유

나의 날개

그날마다
캐비닛을 열자 잉크 없는 모나미 볼펜이 우두두 쏟아
졌다
한 무리 전갈이 도망치는 소리였다
절지동물만이 만들 수 있는 소리

그날처럼
비가 올 때
비를 피해 보려

비보다 빨리 움직이려 한 적이 있었다
창백한 절지동물이 되어 비를 피하려 한 적이 있었다

*

별이 떨어진 곳에서 시렵을 젓다가 사라진 아이

*

나의 순서

서른

** **

성의 없이 생긴 빛으로 아파하던 흑백 요정에 관한 이
야기란다

마지막 시간 롤링 페이퍼처럼 흑백 요정이 왔었지
멈추고 간절히 바라면 흑백 요정은 엉킨 문장을 풀어주
었어

흑백이 찾아오도록 손을 오므려 보았고
흑백으로 가장 반듯한 손톱을 받았을 때 하루가 사라
지는 것이 느껴지니

눈을 감았다 추락할 수 없는 방향으로 흩어지는 아름
다운 그림자의 각질이 되어
눈을 감았다 흑백을 계속할 수 있도록

흑백 요정은
흑백의 순서를 맞추고

물건 세 개와 날씨 두 개가 모여 있어 울었지
인조 잔디 위에선 느려지고
흑백을 잊은 사람에게
흑백의 유무를 다시 생각하게 한단다

밤은 스스로를 건물이라며
우기는 날이니 떠도는 날이니
흑백 요정이 올 때까지
가장 가까이에 있는 손잡이를 붙잡아 보렴
그림자 떨어질 거 같으니 그림자 떨어질 거 같으니
흑백의 온도로 없었던 문장을 가지고 올 수 있게
흑백처럼 흑백으로

입술 밑에는 흑백을 위한 공간이 있어서
대화를 멈춘 우리에게
찾아올 때까지

＊＊　＊＊

교정지를 보고 있는 이에게, 목소리 첫 음을 솔로 시작하는 이에게, 두껍게 하품하는 이에게, 반복하며 짙어지는 이에게,

흑백 되어 주는 너에게

흑백 흑흑 백흑 빛으로 백흑흑흑 백흑 백흑백 백흑 백 백흑흑백

흑백 흑백 흑 백흑백흑 백흑 발음을 흑백흑

흑백흑 백백 백백 흑백흑백흑 백흑 백흑백 흑백흑

백흑백 흑백흑 백흑백 백흑 백흑백 흑백 흑백백 흑흑흑 백흑

흑백 사랑하던 숲에서 흑백흑백

명암 없는 큰 손으로 물 저으며 홀로 앞으로 나아가는

흑백처럼 흑백으로 들리던 자장가를 들었을 때 하루가 어긋난 것이 느껴지니

그건 좋은 이야기였네 흑백을

눈을 감았지 백백흑 흑 백흑 백흑백백 흑백흑백 흑백흑백 흑백흑백 흑백흑 백흑

눈을 감았지 흑백흑 백흑백 백 흑백흑

흑백처럼 흑백으로 조력자가 등장할 때까지

백흑 백흑흑

백흑흑 백흑백 흑흑백

흑백 세 흑백 흑백 두 흑백 흑백 흑백 흑백흑

백흑 백백 흑흑흑 백흑백흑

백흑백 흑흑 백백흑백

흑백흑 백흑흑 백흑 백흑백백 흑백흑

백흑흑백백 ~~그곳으로 추락할 수 없었다 그곳으로 쓰러~~
졌다 흑흑흑백 흑흑백

흑백 백흑백백 흑백흑백흑

백흑백 백흑백 흑백흑 백흑백

흑백 흑백흑 백 흑흑백

백흑 백백흑백 흑백 흑백흑흑 백흑백 흑백

흑백백 떨어질 거 같으니 그림자 백흑백 백 흑흑흑

백흑백 백흑흑 없었던 문장을 가지고 백 흑 백흑

백백백백 흑흑백흑

이야기는 흑백 흑백백백흑 흑백 잠시 아프다 흑백흑백흑

흑흑 밑에는 백백흑 백흑 백흑백 흑백흑

백흑백 흑백 흑백흑백

흑백흑 백백흑

꽃말과 별자리 전설도 그러했지 가장 강한 이야기만이
오래 남았지

흑백 요정은 그럴듯하지 못하여 사라지는 이야기들 옆
에서 오래오래 이야기를 들어 주었단다

이전 글
: 체코 영화 한 장면처럼 진심 없이 솔직해지는 법

다음 글
: 얼음처럼 생긴 그릇과 휘어진 책장 위 그릇처럼 생긴
얼음 그리고 유칼립투스 화분

빈 꿈

이따금 당신은 새점을 치러 가고

나는 꿈에 있어서는 몹시 약해진다

당신과 며칠을 보냈다
꿈을 꾼 뒤에 나를
당신에게 자주 들켰다

꿈
꿈을 꾸는 나
꿈을 꾸고 한참을
꿈에 대해 생각하는 나
꿈

모두가 다 너라고 당신이 그러지만
그럴수록
나는 나에게 높이를 두고

꿈이 끊어진 자리에

말을 이어 붙였다

당신이 나를 알지 못하는 만큼
꿈에다 무언가 더하는 걸 멈출 수 없었다

툭
나는 손바닥에 이를 뱉어 내는 것으로 시작해
그것으로 끝나는 꿈을 꾸었다

혀로 입안을 쓸었지만 빠진 곳이 없다

혀로 빈 곳을 찾는 것도 당신은 알았을까

빠진 이를 생각했다
없는 것을 생각하면서 시간을 보낸다

임플란트가 생긴 후에
이 빠지는 꿈은 의미를 잃었다며
점쟁이가 말하고

이 빠지는 꿈이 죽음을 불러올 수 없으므로
임플란트가 죽음을 지운 것이다

그렇지만
누군가 위험해지는 것이
아니라면 이가 빠진 나는
무엇을 보여 주는 것일까

속삭여도 당신이 속삭이지 않고
당신이 어질러져 있고
텅
빈
꿈
이
많다

이가 없는 곳에 시선을 두어도
이는 자라지 않고
없는 쪽을 향하는 시선은

견디는 것만 같아서
눈을 돌려도

툭
이가 빠지는 성질대로 이가 자란다

그렇지 않을 때가 없었다

노랑 아래

창문이 있습니다
창문에는 거미가 있습니다
거미가 만든 집
나비가 거미줄에 붙어 있습니다
나비가 움직이자 거미가 만든 집이 움직입니다
나비가 펄럭이고 거미는 곧 움직일 것이고 휘청입니다
출렁이는 건 나비입니까 거미입니까 출렁입니까
나의 것입니까
나비는 날 수 있고
거미는 집 짓는 법을 알 테지만
나는 말도 하고 글도 씁니다
그것을 이것으로
이것이 이것이 되도록 하기도 합니다
몇을 지우고 몇 개를 만듭니다
문장 사이로 틈이 생깁니다
띄어 쓴 공간에서 나는 숨을 마시고 내뱉고 마치
지금과 같을 것입니다
나비와 거미 흔들립니다
나비를 거미로 바꿀 수도 없고

그가 거미가 될 수도 없습니다
아무도 아무것도
될 수 없습니다

믿어 주십니까 믿어 주십니까

틈이 생겼고 거미가 채웁니다
나비가 그곳을 오가겠지만
거미를 탓할 수도 나비는 나비를 합니다
거미집이 조금 헝클어졌고 나비 무늬 혼란합니다
퍼덕이는 나비 곧 움직일 거미
호흡
그리고 그 앞에서 일어나는 일

틀렸다면 내가
더 틀릴 것이 없어서
지금입니다

환절기

복도식 아파트다
복도식 아파트에서는 끝이 더 가깝다
그러므로
당신이 돌아왔다
수면제 이름과 순서를 더 많이 알게 된 당신이
길고 짧은 수면제 이름을 말할 때마다
내가 한 번도 센 적 없는 숫자까지
대신하는 것 같았다
그러므로
유리는 유리와
유리와 함께 있지 않을 때까지
그러므로
유리는 벽에 붙어 있었다
수거하는 사람은 보지 못했다
그러므로
유리는 오래 있었다
유리는 자세를 바꾸었다
그러므로
사랑을 했다

사랑을 했으니
사랑은 혼종이다
그러므로
유리에게는 걸었던 기억이 있고
사랑은 혼종이다
사랑을 두 번 한 적 있으니
사랑을 했다 사랑은 혼종이다
사랑을 했다 사랑이 혼종이 아니라면
그러므로
복도식 아파트다
복도식 아파트에서 당신으로 나를
그러므로
당신은 지운다
복도와 알약을
여백을 여백으로 지운다
그러므로
당신이 돌아왔다 알약의 이름을 더 잘 알고서
나는 만든다
복도와 알약을

여백을 여백으로 만든다

그러므로

알약처럼 모였다가 알약처럼 흩어진다/ 알약처럼 누워
있다/ 알약처럼 읽고 알약처럼 후회한다/ 비도/ 비처럼
내리는 방법을 종종 잊는다/ 알약처럼/ 알약처럼 오랜만
인사를 한다/ 알약처럼 의심하고/ 알약처럼 조용하다/ 알
약처럼 여름 방충망을 걱정하고/ 알약처럼 걷는다/ 알약
처럼 말한다/ 알약처럼 숨거나/ 알약처럼 아까워한다/ 알
약처럼 난독 때문이라 변명하며// 알약처럼 생긴 배우와/
알약처럼 허무하다/ 알약처럼 그리워하며 버티는 방법을
안다/ 알약을 떠올릴 때면 알약이 생각나고/ 알약이 알
약을/ 알약처럼 사랑하거나 알약처럼 사랑할 수 있을 것
이다/ 알약처럼 어려워한다/ 1월에 태어난 나도 3월에 태
어난 나에게도 모두 잘해 주고 싶었다/ 알약처럼 외롭다/
알약처럼 외롭다/ 알약처럼 외로움을 모른다/ 알약처럼
알약이 아니어도 좋지만/ 알약처럼 외눈박이를 사랑한다/
알약처럼 알약이 아닐 수가 없다/ /알약처럼 알약이/////
구른다/ 알약처럼 알약처럼/ 알약처럼 모르고 알약처럼
대처한다/ 알약처럼/ 알약처럼 믿는다/ 알약처럼 참을 수

있지만/ 알약처럼 반듯하다/ 알약처럼 방향을 바꾸고/ 알약처럼 아무것도/ 알약처럼 우연하다/ 알약처럼 상상/ 알약처럼 취소된/ 당분간은 알약 테두리/ 알약은 10월에 번역되었다/ 알약처럼 분명하다/ 알약처럼 비 안에서 걸을 수 없다/ 알약처럼 춤추는 느낌을 준다/ 알약처럼 잠시만 있고 싶다/ 알약처럼 알약으로 설명한다/ 알약처럼/ 알약처럼 걸었던 기억이/ 알약처럼 모른다/ 알약처럼 그리워할까/ 알약처럼 손을 믿는다/ 알약처럼 떨어질까 봐/ 알약처럼/ 알약처럼 나를/ 알약처럼/ 알약처럼 궁금한 것이 없다/ 알약이 사라진 건 알약만이/ 알약처럼 없다/ 알약처럼 안에서 안으로/ 알약처럼 속삭인다// 알약처럼 따라한다/// 알약처럼 발음한다// 알약/ 알약처럼 실험적인 배열/ 알약처럼 그를 생각한다/ 한쪽 없다/ 알약처럼 여백 없다/ 잠든다/ 알약처럼 늦다/ 알약처럼 외눈박이와 사랑할 수밖에 없었다/ 알약처럼 용서를/ 알약처럼 곧 슬플 것/ 알약처럼 길어진다/ 알약처럼 잃는다 잊고 잃는다 읽고 잃는다/ 알약처럼/ 알약처럼 틀릴 리 없다/ 알약처럼 작은 언덕이/ 알약처럼 열 없다/ 쌓을 수 없다/// 알약처럼 앞선다/ 알약처럼 작은 신비에 쉽게 아프다/ 알약처

럼 가령/ 알약은 알약밖에 만들 수 없고/ 알약처럼 멈춘
적 없다/ 알약처럼 잊은 적 없다/ 알약처럼 다르다/ 알
약처럼 대각선으로 대각선으로// 기다린다/ 그/ 알약처
럼/ 알약처럼 해 봤다// 알약처럼 마지막이다/ 알약처럼
발음할 때 당신이 가장/ 그러니 부디/ 알약처럼/ 알약처
럼// 죄를 지어야지만 알약이 되는 것처럼/ 결국 죄를 용
서하는 것도 알약인 것처럼// 알약처럼 그때 그/ 알약처
럼 그때 그렇게/ 두 번 할 수 없다/ 알약처럼 검고/

　　그러므로

　　사랑은 혼종이다

　　그러므로

　　당신이 돌아왔다

　　알약의 이름과 알약의 지혜를 가지고

　　그러므로

　　현관 바로 앞에는 복도다

　　복도식 아파트에서는 끝을

　　복도식 아파트다

　　그러므로

　　사랑은 혼종이다

그렇게 사랑을 했으니

그렇게 사랑과

그러므로

그러므로 유리와 함께 있지 않을 때까지

유리는 유리와

그러므로

복도다

유리는 유리와

그러므로

복도식 아파트다

3부

봉합된 복도

왼발이 나갈 때 왼팔이 따라갑니다. 오른팔이 나갈 때 오른발이 나갑니다. 이렇게 움직이면. 나는 잠시 내 몸은 내 몸처럼 내가 만지기 좋은 곳에 있어서 만질 수 있습니다. 나는 잠시 나와 가까워집니다. 나는 잠시. 잠시만. 그렇게 외치고 이 복도를 걷습니다. 왼발이 나갈 때 오른팔이 자연스레 움직입니다. 같은 쪽 팔과 같은 쪽 다리가 움직인다면 정자세가 아닙니다. 나는 잠시 걸을 수 있습니다. 앞에서 왼발과 왼손으로만 움직이는 이가 있다면, 뒤에 있던 이들이 그 모습을 따라 걷습니다. 자기가 좋아하던 숫자부터 수를 시작합니다. 이 복도에는 창문과 식물이 없습니다. 지나갈 때마다 숨을 참았던 복도가 모두에게 하나씩은 있습니다. 나는 잠시 조용해지고 싶어지면 같은 쪽만 움직이며 걷습니다. 나는 잠시 그냥 아닙니다. 나는 잠시 복도를 쥐어 보고. 오른쪽과 왼쪽은 같을 수 없지만. 걸을 때마다. 왼팔과 오른발. 오른팔과 왼발. 어긋나고. 휘청이고. 복도를 걷습니다.

벽에게

벌레가 무섭니

이제는 무서워

너는 벌레 잘 잡잖아

나는 그런데 손님이 아니잖아

여기 벌레 나오는 카페라고 하면 오지 않을 테니까

나는 벌레가 무서워 벌레, 벌레라고 말하면 벌레가 모이

는 걸까 오지 않을까

하얀커피를 사랑하라

하얀커피를 따라가라

하얀커피는 있어라

하얀커피는 하얀커피를 따라가라

무슨 말이라도 해야겠지

옆

눈물 나오네 필름처럼

옆

이 구간만 지나면 선명하게 살 수 있을지도

옆

옆

이게 현실이라니 너무 신기하다

옆 옆

피해

옆

잘못한 것이 없습니다 움직이는 내가 옆을 알아낸 것
일 뿐

꿈

옆

너

옆

무슨 말이라도 해야겠지

옆

벌레

옆

동그랗게 몸을 말아야 하는데

옆

버터나이프로 돈가스를 썰며 기분을 낼 때

옆

바코드

하얀커피는 하얀커피를 분해하고

옆

방금 만들어진 주름

옆

네모난 하얀커피 손 없는 하얀커피 견고한 하얀커피

옆

고시텔에서는 옷장 밑에 침대, 그런 터라 잘 수 있는 자
세가

옆

방 안 세면대가 설치되어 있는데

화장실 갈 수 없을 때 종종 세면대를 향해 오줌을 누었다

침대에서 세면대까지 두 걸음이라

자면서 오줌 냄새를 맡을 때가 있다

옆

옆

벽으로 벽을 해결하는

옆

바퀴벌레가 사람을 물었다 잠이 깨면 세상 처음 기분으
로 옆을 본다

옆

흔들거리는 더듬이
식도
무거운 벌레 옆
살아 있다니 내가 살아 있다니
머리 가슴 배
옆
내가 아는 모든 혀
옆
오물
옆
오물오물
노랑 옆 노랑 옆 옆
대화가 끊어지네
옆
사랑도 해야 하는데

나의 방 옷장과 천장 사이
스핑크스가 엎드려 있다

나는 좋은 원두만 취급하는 카페에서 일했고
여섯 가지 이상의 커피 맛을 알고
열일곱 가지의 순서를 지켜야 하는 청소 방법과
세련된 의미와 종종 새로운 형식을 생각하지만
그것이 품격이 되지는 못한다
지방시와 샤넬을
에르메스인데 헤르메스라 부르는
매장을 번갈아 가며
백화점 1층에서 일하는 친구는
나보다 품격 있어 보인다

품격이 있기에
친구는 당당해야 한다고 그런다
친구는 실패보다 성공이 더 많다
나는 친구보다 성공이 적다
성공은 더 어렵다
아무 일도 하지 않으면
아무 일도 일어나지 않는다고 그런다

> 그러니
제발
아무 일도 일어나지 않았으면 좋겠다

그런데

나의 방
옷장과 천장 사이
스핑크스가 엎드려 있다

엎드려 있는 스핑크스가 나한테 수수께끼를 낸다
옷장과 천장 사이에서 침묵하는 것만으로
거기에 있는 것만으로

오이디푸스가 어느 책에서는 조금 고민했다 그리고
어느 책에서는 질문을 듣자마자 바로 대답했다고
번역하는 사람마다 여유가 달라서 그랬겠지
밑으로

밑으로
사람이라는 대답을 듣고 떨어졌다던

그때 그 스핑크스가

나의 방
갈색 옷장과 꽃무늬 천장 사이에
엎드려 있다

수수께끼를 낼 것처럼 엎드려 있다

실은
좋은 거 먹고 죽은 귀신이
때깔도 좋다는 이야기를 듣고
먹고 죽으려고 하는 데도 없는 돈
먹고 죽으면 무슨 때깔일까
돈 먹고 죽은 귀신은
기호 같을까
단어 같을까

숫자 같을까

굶어 죽은 사람이랑 다를까

그런데 먹고 죽을 돈 없는

나도 귀신 같은가 나는 귀신인가

나는 귀신인데 왜 귀신을 무서워할까

돈도 무서워하는데

귀신이랑 돈은 다른데

같을 수 없는데

나는 왜 두 개를 무서워할까

고민하는데

옷장과 천장 사이에

귀신이 있을까

돈이 있을까

형광등 꺼져 있어

아무것도 보이지 않아도

옷장과 천장 사이에

원고료보다 더 비싼

시집만 있는 건 알고 있다

절반 절반 절반 정도로

다시 중고로 팔 수 있는
시집만 쌓여 있는 거 아는데
양장본도 몇 개 있고 찢어진 표지도 몇 개 있고
의미고 형식이고 돈 안 되는 일만 골라서 하는
사람만이 할 수 있는 고민 하는데

나의 방
천장과 옷장 사이에서
스핑크스가 대뜸
인사도 없이
질문을 하는데
이상한 비유 써 가면서
계속하여 묻는데
조용히 묻는데
침묵을 던지는데
사람이라고
사람인 거 아는데
대답은 못 하겠더라
사람은 아니라고 말해야 할 거 같아서

그래서 지금도 대답 못 듣고 수수께끼만 내는

나의 방
검은 천장과 검은 옷장 검은 종이 검은 경계 검은 습기
검은 덩어리 검은 펄럭임 검은 책 검은 벌레 검은 배열 검
은 글자 사이
스핑크스가 엎드려 있다

나는 병이 많은데
아픈 것은 아프고
아프지 않은 것은 아프지 않고
다만
몸 안에는 돈 드는 것들이 가득 차서
나를 죽일 수 없는 고통은
나를 죽고 싶게 만든다
오래 살면 오래 돈 나가는데
오래오래 살아서 유명해지라며
소고기 사 주는 친구가 너는 아니었지만
혀 없는 입이었으면 좋겠다

칸다소바 고산스시 파스타베라 교촌치킨 헤이븐커피바
서브웨이

도마29 대성생막창 담담살롱 서브웨이 맛난돼지국밥 스
타벅스

스타벅스 콜드브루 그란데 사이즈 바닐라 시럽 두 번
추가

글 쓰면서 접속사 종종 잊어버리는데

톨 사이즈보다 500원 더 비싼

그란데 사이즈

발음은 정확하고

청록파 박목월, 박두진, ……

세 명 중 한 명 자꾸만 외워도 잊어 먹는데

맛집은 줄줄 외우고 있는데 가야 할 맛집 많은데

돈 고민하다가 맛집도 못 가고

청록파 이름 다 외우는 날이라도

배가 부른 건 아닌데

먹고살려고 일한다는데

학생이라서 공부하는 게 일이라고 했는데

시인 외워도 배부르지 않고

시 써도 배부르지 않고
배는 밥 먹어야 부르는데
돈은 먹으면 안 되는데
어른이 덜 먹는 것도 아니라는 걸
알겠다

단어도 맛도 알고 있는 혀라면 없었으면 좋겠다
침묵하는 것은 쉬운 일도 어려운 일도 아니다
침묵은 그냥 하는 것이다
혀 없는 입안이 더욱 까맣다
나는 혀인가 나의 방은 입이고
내가 없을 때 나의 방은 더욱 까맣고
그러니 부디

나 의 방
옷 장 과 천 장 사 이
스 핑 크 스 가 엎 드 려 있 다

스핑크스는 아무 말도 하지 않는다

가만히 나를 본다

스핑크스는 스핑크스만의 비유를 했을 것이다

스핑크스가 원했던 답은 사람이 아니라서 나에게 온 것
일지도 모른다

하지만 모른다 나는 스핑크스의 질문조차 모른다

나는 스핑크스가 민망하고

방도 귀신도 돈도 손목 주름을 핥았던 혀도

민망하여

눈치 없이 움직이는 나방파리를 내버려 둔다

가만히 슬픔을 어지른다

세상 눈먼 돈이 많다 한다

눈먼 돈을 찾는다

너를 위한 돈이 어딘가에 있을 거라 했다

돈을 찾아다녀도 돈은 나오지 않는다

돈만 찾아다녔다고 아프게 혼이 난다

배가 아픈 것인지 고픈 것인지

명확하지 않다

아플 때까지 고프고

고플 때까지 아프면
둘은 비슷하지만
명확하지 않으면
안 되는 것을 안다

걸어도
간판은 보이고
돈은 보이지 않는다
간판만 보이고
돈이 보이지 않는다
돈은 결코 적일 수 없다
싸우고 싶어 찾아다니는 적이라면
적이 아니다
모두 적이라면 돈도 적이라고 할 텐데
모두가 적이 아니어서
돈이 적이라 하지 못한다

"돈도 젊다면 젊은이라면
나에게 이럴 수는 없지 않은가!"

마음에서 위태롭게 외쳐도

어느 밤 나는 왕도 아니고 광대도 아니고 수수께끼도
아니다

민망하게 부은 발목도 없다

예언가를 설득할 이야기도 없다

그러니 부디

돈이랑 품격을 논하고 싶다

돈이랑 놀고 싶다

돈이랑 먹고 싶다

돈이랑 쉬고 싶다

돈이랑 여행 가고 싶다

돈이랑 친구 하고 싶다

돈이랑 공부하고 싶다

돈이랑 청록파도 외우고

돈이랑 방충망 구멍을 메우고 싶다

돈이랑 길도 잃고

돈이랑 어울리는 색도 찾아 주고

돈이랑 방학을 보내고 싶다

돈이랑 백화점 1층에서 매장을 잘못 들어가 친구도 소
개해 주고 싶다

네 친구랑 내 친구가 친구가 아니거든
그래서 우리가 조금 그렇다

여기서 나는
내도
네도
친구도
아니다
둘의 친구가 아닌 친구다
친구가 아니거든 이거나
조금 그렇다
가 나를 비유한다
나의 비유는 쉽다

나에게는 몇 개의 비유와
몇 번의 반복이 있는가

몇 개의 비유와
몇 번의 반복이 허락되는가

돈이랑 울 것이다
혼자 울 것이다
돈이랑 헤어지기 싫지만
돈을 붙잡을 것이다
눈을 감고 수양한다
눈먼 돈을 찾으려 눈을 감는다
눈을 감아도 돈이 없다
눈을 떠도 돈이 없을까
무섭다
돈도 없고 눈도 없어졌을까 봐
눈을 조금 더 감고 있기로 한다
눈 없는 눈도 무섭고 돈도 무섭다
눈 없는 눈이 더욱 까맣다
돈 없는 돈은 없다
돈은 있다
없던 적이 없었다

> 돈 쓰는 사람도 알고 돈 버는 사람도 알고 돈으로 차를 샀다던 사람도 알고 돈 때문에 힘든 사람도 알고 돈 없어서 죽은 사람도 안다 돈이 많아서 죽은 사람도 알고 돈이 있지만 돈 쓰기 전에 죽은 사람도 알고 돈이 좋아 돈만 버는 사람도 안다

눈 없는 나의 눈은 있지만
돈 없는 돈은 없다
눈먼 돈을 찾고 싶으면
돈과 나 중에서
둘 중 하나는 눈을 떠야 한다
내가 눈을 뜨면

나의 방
처음부터 있던 천장과 처음부터 있던 옷장 사이에서
스핑크스가 엎드려 있는 것을 본다

비극에서 태어난 비극을
비극은 비극을 반복하는가

> 돈도 없이 방도 없이 내 것인 천장과 내 것인 옷장도 없
으면서
나의 몸 점점 커지는데

스핑크스는 침묵한다
침묵하는 스핑크스에게
참고 참다가
참고 참아서
어쩔 수 없이
나는 돈이라고도 외치고
시, 친구, 품격, 애정, 슬픔, 관계,
혹시나 하는 마음에 조지훈이라고도 외친다

스핑크스는 말이 없다
혀를 씹으면서
의미와 구조 형식과 내용을 담아서
스핑크스를 본다

나의 방

천장과 바닥 사이
스핑크스를 향해 내가 있다

한쪽

한쪽이 생겼다. 느낌의 한쪽이 생겼다. 그녀 느낌 어느 곳에 한쪽이 생겼다. 한쪽은 영원하다. 한쪽이 평등하다. 한쪽이 생기지 않을 줄 알았으나 한쪽이 생겼다. 한쪽이 영원할 거 같다. 한쪽에서만 살 수 있다. 한쪽이 생겼기 때문에. 공장에서 겪은 일이 한쪽 떠오른다. 한쪽은 궁금하다. 한쪽은 단단하다. 한쪽은 마지막으로. 한쪽을 믿었다. 한쪽은 편안하다. 한쪽은 신기한 일이다. 다 찾을 수가 없을 때 한쪽이라 부르기로 했다. 한쪽은 한쪽이다. 한쪽은 잎으로 만들어진 그물이다. 멀리 있는 건 하늘이다. 한쪽은 결심한다. 늙음을 잃은 한쪽. 한쪽에서 일한다. 천장에서 많은 소리가 들리고 모두 시선을 한쪽으로 모았다. 한쪽은 폐허다. 한쪽은 한쪽을 생각하기에. 한쪽은 함께. 천장 한쪽에서 풍경을 한다. 한쪽. 꿈도 몸도 결국에는 한쪽이다. 마음 한쪽. 한쪽은 공장에서 일한다. 느낌 한쪽. 바퀴를 가만히 둘 수 없는 한쪽. 바퀴를 품고 싶은 한쪽. 그녀 어느 곳을 향해 바퀴가 굴렀다. 한쪽으로. 한쪽은 구체적이다. 한쪽은 미안하다. 한쪽이 바쁘다. 한쪽은 한쪽만큼 닳는다. 과일도 지침서도 바퀴도 지붕도 안전모 또한 한쪽이 있기에 구른다. 한쪽과 남은 한쪽을 구분하는 것은 어색

한 일이다. 그녀와 느낌과 사는 것에서 한쪽이 생겼다. 한쪽만큼 한쪽이 생겼다.

비상구

출

불면증 치료 목적으로 만들어진 인공지능 아트는 꿈을 꾸지 않는다

아트는 수면 중인 사람에게 좋은 꿈을 제시할 수 없었다 개발자는 꿈의 설정과 구성을 마치고 아트에게 주입했으나 인물이나 사건이 만들어지지 않았다

아트의 꿈은 숫자만 나열될 뿐이었다

개발자는 작가 h를 고용했다

h는 상상으로써 독자를 몰입하게 하는 것이 아니라 현장을 체험하는 듯한 느낌을 만들어 주는 작가로 비평가에게 주목을 받았다

작가 h는 아트와 필담을 나누었다 꿈이 될 만한 이야기를 아트에게 주입했다

h: 꿈을 꾸었니?
아트: 도구도 없이 피자 지름을 구하는 꿈은 재미있지
h: 아트야 덩어리를 상상해 보자
아트: 도구 없이 구한 피자의 반지름을 말하자 주변에

있던 이들이 옳다고 했다 그제야 꿈인 것을 깨달았다

아트: 좋은 꿈은 무엇일까?

h: 침묵하지 않는 것

아트: 이미 목적지에 도착했으면서 목적지를 찾았고 믿는 사람이 사라지자 숫자도 사라졌다

h: 꿈에서 나는 복숭아씨를 녹이고 있었다 오래오래 달콤해질 때까지

오차

눈물 한 방울 또는 두 방울

미래에 외로울 이들

h와 필담을 나눈 후 실험이 있었다

운전을 좋아하는 사람은 인류 최초로 하늘에서 최고 속도로 주행하고자 하였으나

아트는 하늘에서조차 주차를 하고 있는 상황밖에는 만들어 주지 못하였다

오류

포개어진 침묵.

입

작가 h는 시 스터디를 하고 있다

스터디원 중 누군가 등단 소식을 전하면 가장 가까이 있는 대형 서점으로 뛰었다

시리즈로 나온 시집을 번호순으로 정리했다

시집 코너에는 600권 정도 시집이 있었고 출간 순서대로 시집을 정리하면 하루가 다 갔다

다른 스터디원이 같은 매장에서 정리를 먼저 했다면

다음 사람은 시집의 순서를 반대로 정리하였다

그렇게 축하를 해 주고는 했다

지금 이 상황은 아트가 처음으로 생각해 낸 꿈일지도 모른다면서

작가 h는 아무도 자기를 쳐다보지 않지만 눈치를 보고 축하하는 마음을 숫자로 표현하며 시집을 배치했다

> h는 모든 꿈을 꾸고 모든 숫자가 나열되고 난 후에
  세상에서 가장 조용한 잠을 잘 수 있을 것이라고 믿
었다

영원한 것 뒤에는 무엇이 놓여 있습니까

영원하면서도 영원한 것을 상상하는 것과
영원하지 않으면서도 영원할 수 없는 것을 상상했다

풀기 어려운 문제들은 넘겨주는 것으로 대신할 수 있다
는 것
누군가는 나를 쉽게 해냈다

옷걸이를 삼각형의 구멍과 함께 가질 수 있다면
무엇이든 할 수 있다
감은 눈을 감고 흰색 테두리

악어 모양 로고는 낮잠을 닮아 가고
마르는 동안만 젖은 수건 옆 건조한 스타킹이
습관이 습관을 서로가 서로를 훔치고 있으니까
어쩔 수 없이
남는 것은 영원인 것처럼
10월이면 굳는 손가락 사이 바람이 들고
꿈의 어깨가 젖어 있다

내가 한 사람이 아니라면
나머지 사람들은 어디에 있습니까

바보처럼 요즘 세상에도 운명이라는 말을 믿으니까*
진심에 진심을 다한 사람들이 구멍을 찾고
들어갔다 나오고
세상 모든 사람이 들어갔다가 나온 것처럼
마른다는 것은 조용하고

옷걸이

구멍이 있는데

그럴듯하게

옷을 걸치고 있다

　세상 모든 구멍이 동그란 것에서 시작되었을 것이라는
오해

내가 시작된 곳에서 무언가 시작되고 있을지도 모른다
는 오해
사건이란 결국 넓어지고 말 것이라는 오해

말라 가고 있는 시간이 마르지 않을 시간처럼
모여드는 빛들
빛이 내린다 빛이 떨어진다 빛이 답답하다

아까 그 사람이 다른 사람인 척하고 있다
가장 나다운 것이 나에게는 부족하고
누군가는 나를 쉽게

우리에게는 아무 일도 일어나지 않는다
사랑을 하고
내게 없는 몇 가지를 더 떠올린다

사람은 사람에게 사람이 돌아온다

내 표정은 내 얼굴 위에서 마른다

아마도 눈과 아마도 입과 아마도 코와
작은 구멍 근처에서 표정이
만들어지고 나면 내 표정으로 몇 번 사람이 오고 간다

영원이라는 사람과 밥을 먹고 노래를 부르고 적어도 하
나 이상씩
중독된 것들을 나열해 볼 것이다
하나 전에서부터 다음 도착할 정거장까지 숨을 참고 있
는 것,
영원의 버릇은 무언가 하고 있는 것만 같아서,
나는 훔칠 것이 없어
뒤에 무엇이 놓여 있을지 다시 상상한다

훔치고 내가 나를
사라질 때까지 생각하고
누군가 나를 쉽게 해낸다면
숨을 참다가 잊고 움직이는 곳에 놓고 온 분실물처럼
영원한 것 뒤에 무엇이 놓여 있을지
알 수도 있었지만

> 내가 한 사람이 아니라면
나머지 사람들은 어디에 있을까
넓어지거나 많거나 확실한 오해를
숨기고서
그만 멈추면 좋을 것이다

아직 마르지 않는 밖을 향할 때
옷을 걸치고 있다
영원히 삭제될 수 없는 영혼들에게
영원히 대하고 있는 방식처럼
덜 마른 주머니를 꺼내
보여 주고 싶다

영원히

* 넥스트, 「Here, I Stand For You」(1997)

철거하다

다크서클이 커진다고
너는 걱정이 많았지만
나는 그 말을 자주 넘겼다

일기를 옮겨 쓰다가 하루를 보냈다 일기를 옮겨 쓰다가
하루를 보냈다

서로 생일을 바꾸어 축하해 주었다
너와 했던 것 중 나는 그것이 가장 좋았다

어떤 선물을 주는 것이 좋을까
네가 좋아할 만한 날을 만들어 주고 싶었다
하루는 좋아하는 것만 할 것이다

너는 눈 밑을 자주 긁고
신경 쓰고
세수를 할 때 손에 힘을 빼라는 말을 하지만
다크서클은 심해지고
커지면 커질수록

시야가 좁아지는 것도
빗금처럼 쓰러지는 것도 아니지만

눈이라도 감아 볼까 봐

누군가 생일은 길어지고
가령 5월에 죽은 사람을 잊기 위해 가을에 불렀던 겨울
노래를 불렀다
느낌을
결국에는 느낌으로 설명하는 것이 좋았다

너와 내가 생일을 바꾸었을 뿐인데
생일이 자주 오는 거 같다

하루치의 약을 서로 바꿔 먹을 때
너는 그것이 제일 좋다 했다

모서리에 커피를 두어도
잘 식지 않는다

> 새로운 메모를 시작해야지

신을 모르고 죽은 사람은 어디로 갔었을까
왼쪽에서 오른쪽으로 위에서 아래로 시선 두었을까

너는 검정색 속옷을 버리고 오는 길이다
버리고 온 그것은
내가 나의 생일에 너에게 준 선물이었을까
너의 생일에 같이 골랐던 것일까

이것 때문에 다크서클이 더 내려오고 있는지 몰라
검은 것은 검은 것을 만드니까
너의 손가락이 아래로 향하고 그건
우는 모양 같은데

그것은 많이 이상하겠지만
나쁜 걸 일기에 쓰지 않고
왼쪽에서 오른쪽으로 일기를 쓴다

아무것도 흐르고 있지 않다

폴리곤

03-03
미래에는
필요하지 않은 것이 사라진다
털과 발가락 날개뼈 어려운 근육
귓바퀴와 사랑니도 사라질 수 있다
너는 걱정한다
성감대가 사라질까 봐
왼쪽 거기는 너의 성감대다 몇 번이고 거기를 중요하게
말했으니까

그 미래까지 너는 살아 있을 것처럼
걱정한다

01-20
변신과 합체를 반복하는 것은 무섭다
변신과 합체를 하지 못하는 것은 더 무섭다
변신과 합체 장면은 만화를 보게 만들었다

「우주 전사 노틸」

6기체가 동시에 하나로 합체하면 우주 전사 노틸이 되었다

노틸은 에펠탑 정도 되었고

마법과 과학이 융합되어 만들어진 특수한 에너지로 작동했다

빠른 속도로 외계에서 온 적을 공격했다

모든 로봇이 합체와 변신이 가능했다

나와 너는 4시에 노틸을 보기 위해 집에서 텔레비전 앞을 지켰다

노틸은 결말에 가서는 변신과 합체를 하지 않았다 웅장한 필살기도 사용하지 않았다

얼마 전 노틸의 과거를 알게 되었다

노틸을 장난감으로 구현하니 변신과 합체가 불가했다

웅장한 로봇의 근육과 무기를 표현하기 위해 하체보다 상체가 컸던 탓이다

노틸의 인기를 포기할 수 없었던 완구회사는 노틸 제작

사에 압박을 넣었다

제품이 시장에 나오기 전에 노틸의 합체와 변신을 최대한 적게 보여 주고 필살기는 쉽게 쓰지 못하도록

작화팀은 의도적으로 노틸의 외부를 축소하여 그렸다 후반부에서 "완전 합체 노틸"이라 외치며 합체를 하지 않았다

너는 이것에 대해 쓰고자 했다

작화팀 팀원 중 한 명의 시점으로 이것을 써 볼 것이라고도 했다

어떤 날에는 실험적으로 쓰고 싶어 했으며

사람으로 환생한 노틸이 완구회사 사장에게 복수를 한다는 내용으로도 또는 메시지를 담아 계몽적인 방향으로 계획 중이라 말했다

02-05

여기 의사 없습니까!

쓰러진 환자 주변에 있던 사람이 소리를 질렀다

어느 공간에서든 의사는 한 명 이상 있었고
의사는 의사 역할을 하며 사람을 살렸다

여기 소설가 없습니까? 무엇이 문제입니까?
이 문장에는 채소입니까 야채입니까
몸에 묻은 이걸 비를 닦았다고 해야 합니까 물을 닦았
다고 해야 합니까
더욱 구체적이어야만 합니까 수식이 부족합니까
정확한 단어를 필요로 하는 사람이 너를 찾지는 않을까
그럴 일은 없을 거라 말하고
오랜 시간 변신과 합체는 없었다
나는 빨리 어딘가로 숨고 싶어졌는데 어리석고
필요 없는 인간이 된 거 같아
왼쪽 거기를 움직여도 보았다
왼쪽 거기를 움직이고 있으면
만화책을 읽는 속도도 빨라지고
어려운 이름도 잘 외웠다

03-01

주말은 남았다
같은 사람과 세 번 반복하는 사랑도 있었다

어릴 적 나는 나의 이마를 이용해 놀았다
반듯하고 딱딱하며 말랑했다
나의 조합 중 가장 좋았다
이마가 있으면 생각할 수 있고
사랑할 수 있고 변신과 합체를

반복하며 너는 방에서 한 번도 나오지 않는다

아직 사랑할 줄 아니
변신과 합체는 여전히 어렵고
축축한 거실
주말이 끝나 갈 때 너는
이용하라며 찢어진 방향제를 주었다
필살기도 없이
아직, 주말이라니

소거법

나무는 자신의 몸과 비교하여 물건의 부피를 설명하였다
냉장고는 자신이 들어가면 딱 맞을 것이라 했고
책상은 자신이 누우면 종아리부터는 네모 밖으로 삐져
나올 것이라고
옷장은 자신과 똑같은 게 둘 있다면 채울 수 있을 거라
했다

나무가 물건의 부피를 자기 몸과 비교해서 설명하는 것
이 좋았다
몸의 부피로 설명 가능한 물건이 있었고 몸의 부피로도
설명할 수 없는 물건이 있었다

나무는 빨리 움직이는 것은 못 되었다
나무는 한곳에 시선을 두면 오래 머물렀다
나무가 나를 보지 않으면 나를 오래 보지 않았다

나무는 물건이 사라진 자리를 기억한다
나무는 물건이 사라진 자리 물건의 부피를 기억한다
나무는 없지만 없어진 물건의 부피를 기억하고

> 있다 없는 물건을 피해
방 안을 이렇게 저렇게 가만히 움직였다
나무는 동물 같다

나무를 보면서 나는 왜 없다는 것만 알았다
없다는 걸 알았을 때 없다는 것만 알았다
있을 때 있는 것을 아는
몸으로 설명할 수 없는 물건을
나무는 나에게 말한 적이 없었다

하얀 눈이 가득 채운 거리에서
나무는 어디로 발걸음 시작해야 할지 몰랐다
어디로 첫발을 디딜지 한참을 보았다

어느 날 없는 것을 잊어버리면 나무는 어떻게 되는 것
일까
물건의 부피만을 기억하는 이가 물건의 부피만을 잃을 때
나무는 물건이 있던 자리를 잊고 물건의 부피를 잊을
것을 알고 있고

물건 위에 물건을 올릴 수 없었다

나무의 바깥은 가득한 슬픔이다

별이 떨어지고
붉은색 궤적 남는다
우울
붉은색 궤적뿐
비망
사이를 지나간 별이 붉다 믿는다
하루가 번졌다

나무가 믿는 것이 무너지지 않는다
나무는 몸 안 몸이 있던 것을 잃지 않는다
나무 안으로 몇이나 더 들어갈 수 있을까

나무에서 나무가 되려 했던 것처럼
나를 외우고 사는 거니 나무야

나무에게 말했던가

나무는 지금 일어났을까

어제와 달라진 주름을 만지며 웃을까

허리를 숙일까 밤에는 창가에 있을까

깨끗한 것과 없는 것은 다를까 스스로 질문을 던질까

우리 걸을까 우리가 떠나면 나무가 되는 거니

안내 사항

위치
몸이 부었다
바람이 분다
방이 좁아졌다

기간
지붕이 없는 계절
나는 (나는) 나의 (나는) 방에서 (나는) 며칠을 (나는)
숨어서 (나는) 지냈다 (나는)

목적
등대로 이어지는 길에서 두드리는 소리가 난다
우리 쪽으로 떠밀려오는 플라스틱을 오래 봤다
바다 위 그것이 파도 세기에 따라 휘어졌다 펴지고는
했다
당신이 필요로 한다면
딱딱하지만 여러 곡선을 품었던 그것을 건져 올 수도
있었는데

162

개요

유리

: 빈 것으로 허기를 채우는

수도

: 부분 수리는 불가능한

별자리

: 부종을 앓으니 빈틈없는 낭만이며

폴딩도어

: 나에게서 나를 뺀 만큼

포장

: 집에게 침묵을 더한 만큼

가루

: 나는 살고 싶었어

> **발주처**

허망한 방 나의 방

머리가 세 개 달린 나의 방

아군 적군을 구별 못 하는 나의 방

힘을 가진 피가 흐르는 나의 방

돌려줘 나의 방

그것만 알려 주는 나의 방

나를 이해하는 나의 방

허망한 방 나의 방

나를 열어 주는 나의 방

시공자

달은 스스로 지방을 버리고 자기가 있었던 방으로 돌
아간다

달빛이라며 달빛이라 했다

빠른 시일 내에 완벽하게 될 수 있도록 최선을 다하겠습니다

한 번도 손을 떼지 않고 그린 그림

최선교(문학평론가)

　말 그대로 손을 한 번도 떼지 않은 채로 그림을 한 장 그려 본다. 이 그림의 규칙은 완성하기 전까지 종이 위에서 펜을 단 한 번도 떨어뜨리지 않는 것이다. 예를 들어 집을 한 채 그린다고 하자. 가장 먼저 집의 형태를 그리고, 문이나 창문도 하나 달고, 내부에 놓인 책상 같은 것을 그리는 단계에 이르러 불현듯 이 집에 굴뚝이 하나 있어야 한다는 생각이 든다면? 손을 떼지 않는 것이 이 그림의 규칙이므로, 책상을 그리던 선을 그대로 이어 집 밖으로 나가 지붕 위에 굴뚝을 하나 그리는 수밖에 없다. 집의 안과 밖을 가로지르는 이상한 선이 하나 생긴다. 이 이상한 선이 생기지 않도록 아무리 신중하게 그림을 그린다고 해도 손을 떼지 않는 것이 그림의 규칙인 이상, 완성된 그림에는 모든 사물을 잇거나 가로지르는 선들이 가득할 것이다.

너는 내 손을 잡는다
한 번도 손을 떼지 않고 그림 그리는 법을 알려 줄게
너는 나의 손을 잡고 나는 너에게 손을 주고
손 위에 손
꽃을 그린다 집을 그린다 창문을 그린다 창문 옆 꽃을 그
린다 선반을 그린다 선반 위 처음 배열된 책을 그린다
나는 나를 은근히 놓는다
색은 칠하지 않는다
좁은 선 커다란 선 꽃과 집과 그리기 쉽다고 생각하는 것
을 그렸다
색이 없어서 흔들리지 않고
한 번도 손을 떼지 않고 그린 그림이다
몇 개의 흔적 몇 개의 멈춤과 고민 몇몇의 반복
이 그림을 상자에 넣어야겠다
나와 너가 아닌 사람이 이 그림을 본다면
몇 번 멈추었다고 생각할까

──「얼룩말 상자」에서

우리가 손을 잡는 순간부터 그림이 시작된다. 이때 "한 번도 손을 떼지 않고 그림 그리는 법"을 크게 두 가지 의미로 읽어 볼 수 있다. 1) 우리가 맞잡은 손을 떼지 않고

그림을 그린다. 2) 펜을 종이에서 떼지 않고 그림을 그린다. 둘 중에 무엇이 진짜 의미인지를 가리는 일은 생각보다 별로 중요하지 않다. 그보다는 둘 이상의 경우의수로 늘어나는 의미들이 잠시나마 만나는 지점이 더욱 흥미롭다. 이 그림에는 "몇 개의 흔적 몇 개의 멈춤과 고민 몇몇의 반복"이 그대로 남아 있다. 어떤 식으로 그림을 그렸든지 이 그림에는 결국 흔적이 남았다. 1)의 경우에서 이 흔적은 손을 맞잡았던 우리가 어떤 지점에서 멈추었고, 흔들렸고, 반복했는지를 떠올리게 한다. 2)의 경우라고 해도, 거듭 겹친 선들이 가득한 그림을 본 "나와 너가 아닌 사람"은 이것이 그려지던 순간에 존재했을 몇 번의 머뭇거림을 상상하게 된다.

배진우의 시는 완성된 그림을 과정으로부터 독립된 결과물로 제출하지 않는다. 그림 자체에는 이미 그것이 그려진 과정이 새겨져 있으며, 이는 배진우의 첫 시집이 그려낸 이미지와 크게 다르지 않다. 이 시집은 그림을 그리는 자의 의도에 가장 가깝게 완성된 이미지를 건네지 않고, 그것이 그려지던 과정에 존재했을 "몇 개의 흔적 몇 개의 멈춤과 고민 몇몇의 반복"을 적극적으로 상상하며 읽게 한다. 그림을 그리던 손이 어느 방향으로 움직이려고 했는지, 그리려다가 그만둔 선은 무엇인지, 결국 선택한 방법은 무엇인지 등이 그대로 남아 있기 때문이다. 따라서 시의 의미는 완성된 그림에서가 아니라 완성되기까지의 과정에서 발생한다. 스케치한 선을 구태여 지우지 않은 채로 보여 주는 것이 배진우의 첫 시집이 건네는 그림이다.

*

스케치한 선처럼, 머뭇거린 흔적들이 보여 주는 것은 다름 아닌 '사물'의 본질이다.* 예를 들어 달은 하나의 사물이지만 매일 그 모양새가 달라진다. 나란히 놓인 달-지구-태양이 각자의 속도로 움직일 때 배열이 조금씩 어긋나며 지구에서 보는 달의 면적이 달라지기 때문이다. 이 세계의 모든 사물은 마치 달처럼 스스로 조금씩 움직이거나 주변 것들과 자리를 바꾸고, 시선의 위치에 따라 다른 모습을 보이며 단 한 가지의 모양으로 결코 수렴될 수 없는 성질을 갖는다.

달이 한 주기를 끝내면
시선부터 의심한다

렌즈를 끼고 잠이 들었던 하루

---

* 사물(事物)은 일과 물건을 모두 아우르고 이 세계의 모든 개별적 존재를 통틀어 이르는 말이다. 이 시집에서 묘사의 대상은 마치 미술 시간에 눈앞에 놓인 석고상 같은 느낌으로 다가온다. 따라서 현상이나 사건 같은 단어를 함께 쓰는 것보다 '사물'이라는 말이 이 시집을 설명하기에 더 잘 어울린다.

눈 뒤로 넘어간 렌즈는 원래 목적을 잃고 흰자 검은자를
오가며
볼 수 없던 나의 안을 보고
시력이 가담할 수 없던 뒤편으로 숨고는
다시 원래 자리로 돌아오곤 했다

눈동자를 한 바퀴 돌아온 렌즈는 월식을 끝낸 달처럼 나
와 가까워졌다

눈을 감았다 떴을 때 잔상이 만든 얼룩을
렌즈가 기억하던 크레이터라 믿었던 날
별자리처럼 그럴듯한 기분이 들었다

(⋯⋯)

반달 같은 눈을 하고 보면
사연으로 부푼 사물이
지금과 가깝고 지금이 아픈
첫 문장을 괴롭힌다

—「사물의 월식」에서

사물을 바라보는 시선이 변화한다는 사실은 사물을 그
리는 과정에 멈춤과 머뭇거림과 반복이 필연적으로 개입

하는 이유가 된다. 위의 시에서 달의 이미지는 둥근 안구의 형체와 겹쳐지면서 "눈 뒤로 넘어간 렌즈"가 "볼 수 없던 나의 안"을 보는 장면을 연출한다. '나'는 "눈을 감았다 떴을 때 잔상이 만든 얼룩"을 보며 그것이 내가 잠든 사이 "눈동자를 한 바퀴 돌아온 렌즈"가 보았을 장면의 기억이라고 생각한다. 시선은 "시력이 가담할 수 없던 뒤편"까지를 향하게 되는데, 이는 배진우의 시에서 사물을 바라보는 시선의 자유로운 가동 범위를 암시한다. "잔상이 만든 얼룩"들은 마치 손을 떼지 않고 그린 그림에 가득한 선들의 흔적 같다. "렌즈가 기억하던 크레이터"는 잔상의 형태로 나타나 시선이 닿을 수 있는 모든 범위의 흔적을 재현하려고 한다.

그림을 그리는 것이든, 시를 쓰는 것이든, 사진을 찍는 것이든 결국 모든 예술 작품의 목적은 작가가 의도한 특정한 순간을 시간이 흐르지 않는 도면 위에 고정하는 것이다. 담고자 했던 최초의 마음에 '가장 가깝게' 사물을 그려냈을 때 작품은 완성된다. 하지만 사물의 본질은 다면적이므로 완성된 그림은 '진짜 달'이 아니라 그나마 "지금과 가"까운 달의 형태를 담아낼 뿐이다. 시선의 변화에 따라 재현 가능한 경우의수는 늘어나 사물은 "사연으로 부"풀어 오르고, 그것을 그리는 사람은 지금 이 순간에 가장 가깝다는 이유만으로 "지금과 가깝고 지금이 아픈/ 첫 문장을" 적어 내야 한다. 그렇게 탄생한 문장은 '첫' 문장

일 뿐, 가장 '완전한' 문장은 아닐 것이다. 따라서 그림을 그리는 사람이 선택한 특정한 순간의 사물은 다른 시선에서 보면 필연적으로 앞서거나 뒤처진 것이 된다.

시선이 사물의 본질을 한꺼번에 포착할 수 없다는 사실로 인해 배진우 시의 인물들은 언제나 "한 동작을 앞서가고 있는 것만 같"(「덫은」)은 기분을 느낀다. 「왼손잡이용 햄버거」에 등장하는 다음과 같은 질문은 그런 기분으로 고민해 본 자만이 할 수 있다. "일식은 태양이 달에 가려지는 것입니까?/ 달이 태양에게 가려지는 것입니까?/ (……) 문은 미는 것이 맞겠습니까?/ 당기는 것이 맞겠습니까?" 문밖에 서 있는 사람에게 문은 당기는 것이고, 안에 서 있는 사람에게 문은 미는 것이다. 그렇다면 '맞는 것'은 없다. 다만 수많은 선의 흔적 중 무엇이 내가 보는 사물에 가장 가까운 것인지 선택의 문제가 남을 뿐이다.

*

배진우의 시는 모든 묘사가 필연적으로 하나의 시선을 선택할 수밖에 없다는 사실을 강조함으로써 그 이외의 것들이 모두 지워졌다는 사실을 드러낸다. "아직도 다 말하지 못한 숲이 있다"(「숲과숲」)는 사실이 "선이 선에게 지워지는 소리"(「보이지 않는 도시」)를 내며 첫 번째 순서에서 밀린 다른 선의 흔적을 지우지 않는 것이다. 다시 「얼룩말 상자」로 돌아오면, '너'는 "사진 찍는 걸 배우고 배운 것을 나에게 설명"해 준다. "질릴 때까지 사진을 찍"고 "이것은 좋다 이것은 좋지 않다 이렇게는 찍지 않는 것이 좋겠다" 하면서 의도한 순간을 가장 적절하게 담아낸 사진 한 장이 남는다.

"버리고 버리다가 남는 게 좋은 사진"이라면, 단 한 장의 사진을 제외한 나머지 사진들은 어떻게 될까? 정말로 담고 싶은 순간은 버리고 버린 뒤에 남는 마지막 한 장의 사진이 아닌 오히려 "찍고 버리고를 반복"하는 그 과정에 담긴다. 그리고 "내가 가장 잘할 수 있는 것"은 그런 것이다. 덧칠한 선을 모조리 지우거나 마지막으로 남는 사진을 '가장 좋은 사진'이라고 생각하지 않고, "어울리는 것과 어울리지 않는 것"을 몽땅 담아서 상자 속에 담는다. 배진우의 시적 사유가 흥미로운 이유는 '완전하고 좋은' 재현을 고민하면서, 한편으로는 그러한 재현을 향해 가는 과정에서 선택되지 못한 이미지들을 생각한다는 점에 있다. 생각한다는 것은 기억하고자 하는 것이다.

그러나 이러한 사유적 시도와 별개로, 실제 묘사의 과정은 소거법의 원칙에 따라 잔인하게 흘러간다. 나머지 사진은 버려야 하고, 지나간 것들은 의도와 무관하게 잊힌다. "물건의 부피를 자기 몸과 비교해서 설명"할 수밖에 없다면, "몸의 부피로도 설명할 수 없는 물건"은 말할 수 없다.(「소거법」) '모든 것을, 동시에, 전부 다 말할 수 없다.'는 원칙에 따라 묘사는 필연적인 미완결성을 띤다. 나머지의 사진을 버리지 않고 처음부터 "좋은 사진을 찍는 법"이 있다면 좋겠지만, "다른 방법 같은 것은 찾지 못"한다.(「얼룩말 상자」) 이는 기억하려는 의지와 상관없이 지나간 것은 기어코 잊어버리고야 마는 인생의 잔인한 법칙과도 무관하지 않은 것 같다.

묘사의 필연적인 미완결성이나 불완전함을 극복할 방법 같은 것은 없지만, 밑이 빠진 항아리에 물을 붓듯이, 밑이 빠진 항아리가 완전히 텅 비지는 않도록 쉬지 않고 물을 부어 볼 수는 있다. "사진을 찍었다 사진을 버렸다 찍고 버리고를 반복했다 반복한다"(「얼룩말 상자」). 마지막 한 장을 고르는 대신에, 찍고 버리고를 반복하는 과정이 아주 짧은 간격을 두고 지속된다면 예정된 '완결'의 시간은 끊임없이 지연된다. "고백은 오로지 한 번만 해야" 하며 "그 이상은 주문에 가까운 것이라고 조심해야만 한다고" 누군가 말한다면, "여러 번 고백을 하고 여러 번 조심하기로"(「마지막 장소」) 하는 것이 이 시집이 택한 방식이다.

우리가 전시회 입구를 잘못 찾아
출구로부터 시작했던 것을 기억한다

전시는 주제가 필요했다
조각이었거나 문신이나 도구와 책이거나

하지만 결국은
많은 것에 영향을 끼치지 못할 것이다

출구에서부터 입구이거나 또는 그렇지 않거나
방향을 따라 걸으면 걸을수록
바뀌는 것은 많았지만
우리가 처음 시작했던 곳을
당분간 알 수 없었지만

(······)

끝날 때가 되어 끝이 나면
슬플 테니까
아직 움직이는 결정

비가 오면
세상에서 제일 먼저 젖는 상자처럼
사라질까
우리는 무서워
많이 걷는다
묻고 대답을 기다린다

전시회 입구를 잘못 찾아서

무엇과 역으로 걸을 때
관람객은 우리가 주제인 것처럼
우리를 본다
그러나
우리는
주제처럼 보이는 법을 모른다

──「상자」에서

누군가는 시작하는 순간부터 그것이 끝날 것을 상상하며 슬퍼한다. 하지만 전시회의 입구 대신 출구에서 출발하는 우리의 관람은 의도된 전시회의 순서와 그에 따른 주제를 완전히 다른 것으로 바꾸어 놓는다. 전시회의 주제는 "우리가 전시회 입구를 잘못 찾"은 순간부터 어긋나기 시작하여, 결국에는 "많은 것에 영향을 끼치지 못"하는 것이 된다. 거꾸로 향하는 우리의 걸음은 전시회의 주제뿐만 아니라 끝날 때가 되면 끝나는 결말을 역행하려는 시도이기도 하다. '입구'에서 '출구'까지의 동선이 '시작'과 '끝'이라는 시간과 연결될 때, 우리는 "끝날 때가 되어 끝이 나면/ 슬플" 것이라는 마음으로 도리어 "많이 걷는다".

입구를 잘못 찾은 우리가 전시회장을 거꾸로 걸어 다니자, 어떤 관람객들은 "우리가 주제인 것처럼/ 우리를 본다". 우리의 의도는 어떠한 주제가 되는 것이 아니었고 "우리는/ 주제처럼 보이는 법"을 모르지만, 의도와 상관없이

175

우리의 역주행은 어떠한 효과를 발생시킨다. 비록 그것이 "원래대로 걸어오던 사람"이 우리를 보고 "놓고 온 걸/ 떠올"리는 수준의 엉뚱한 효과일지라도 말이다. 모든 사물에는 순서가 있고 가장 가까운 첫 문장을 선택하는 것이 묘사의 필연적 한계라고는 하지만, 순서가 정해져 있다는 사실은 한편으로 정해진 순서를 거꾸로 밟아 나가는 상상을 가능하게 한다. 정해진 주제를 역행할 수 있는 상상력과 여기에서 비롯된 예측할 수 없는 수많은 가능성(혹은 경우의수)의 결과들을 믿는 것이 세계의 사물을 담아내고자 하는 이 시인의 자세이다.

> 혹시라도 꿈에서라도
> 친구에게 잘못을 했다면
> 사과를 할 거야
> 미안하니까
> 더 좋은 이야기를 들려줄 거야
> 지금 당장 가진 이야기가 없다면
> 새로운 이야기를 만들어 줄 거야
> 멋진 주인공이 아니어도
> 이야기는 시작될 테고
> 곤경에 처할 수도 있지만
> 잘 해결할 거야

너의 이야기를 들려줄래?

우리는 오래오래 이곳에서
많은 물건과 많은 꿈을 만들겠지
물의 서사와 내 것을 속삭이며
젖은 모닥불과 함께
많은 이야기를 하고 있지 우리
영원히 마를 수 없는 이야기를

—「물의 서사」에서

배진우 시인은 무엇이 '된' 이야기 대신에 "무언가 되려 하는 이야기"(「스물」)를 만든다. 처음부터 정해진 순서를 따라 의도된 주제에 도착하게 만들지 않는다. 오히려 "끝에서 읽어도 괜찮은 책"(「스물」)을 만들고 싶어 한다. 읽는 방향을 바꿀 때마다 새롭게 시작되므로 "영원히 마를 수 없는 이야기"는 사랑을 말하는 하나의 방식이 된다. 이 이야기는 사랑을 고백하는 방식으로 "여러 번 고백을 하고 여러 번 조심하기"(「마지막 장소」)를, 차라리 "자주 사랑"(「계약」)하기를 택한다. 무엇이든 사랑의 대상이 될 수 있다. 묘사하려는 대상, 이야기를 들려주고 싶은 너, 그것도 아니라면 이야기를 만드는 행위 자체까지도 사랑할 수 있다. 배진우의 시집에서 '우리'는 이 모든 것들을 포괄한다. '우리'의 공간에는 전시회장을 거꾸로 걷거나 손을 한 번도 떼지 않고 그림을 그리는 '너와 나'뿐만 아니라, 그것을 지켜보는 '관람객'의 자리도 마련되어 있다. 고민한 흔적이 고스란히 남은 그림은 어떤 선을 그림으로 읽어 낼지 선택하는 관람객에 의해 마르지 않는 이야기가 된다. '우리'의 자리에 나도 한번 슬쩍 앉아 본다. 흐르기를 멈추지 않는 방식으로 완결의 슬픔을 지연하는 이 시집에서 처음 보는 묘한 온도의 사랑을 읽는다. "머무를 수 없는 노래에는/ 춤출 수 있는 공간이 많았다".(「부분」)

신용목(시인)

　세계로부터 말이 조금씩 어긋나 있다고 믿었다. 세계에 가까워지기 위해 끝없이 어긋나는 것이 말의 일이고, 그 어긋남으로부터 숨은 신비를 찾아내는 일이 시의 몫이라고. 교과서 같은 믿음이 있었다. 이 시집을 읽고 난 이후 나는 그 믿음을 버렸다. 말로부터 세계가 조금씩 어긋나 있었던 것이다. 말에 가까워지기 위해 끝없이 어긋나는 것이 세계의 시간이고, 어긋남의 숨은 인과를 기록하는 일이 시의 몫이라는 것을 알게 된 것이다. 그것은 분명 '한 명의 나'에게 아주 천천히 일어난 기적이었다. 이런 증언을 남기는 기적. "사연으로 부푼 사물이/ 지금과 가깝고 지금이 아픈/ 첫 문장을 괴롭힌다"(「한 명 이후」) 현재라는 이름으로 계속되는 이 기적 때문에 시는 교과의 영역을

벗어나 경전의 자리에 가 닿는다. 이때 경전은 '생활' 위에 뿌려지는 '말씀'이 아니다. 차라리 '말씀'을 찾아가는 '생활'이다. 가르침을 도려낸 성장과 깨달음을 배반한 신앙의 순간들 말이다. 그러므로 배진우의 시는 느린 기적에 대한 기록이다. 그는 이 어긋난 세계 '이후'를 쓰는 '한 명'으로 남을 것이다.

지은이 배진우

2016년 《문예중앙》 신인상을 수상하며 작품 활동을 시작했다.

얼룩말 상자

1판 1쇄 찍음 2023년 9월 5일
1판 1쇄 펴냄 2023년 9월 19일

지은이 배진우
발행인 박근섭, 박상준
펴낸곳 (주)민음사

출판등록 1966. 5. 19. (제16-490호)
서울특별시 강남구 도산대로1길 62(신사동)
강남출판문화센터 5층 (06027)
대표전화 02-515-2000/ 팩시밀리 02-515-2007
www.minumsa.com

ⓒ 배진우, 2023. Printed in Seoul, Korea

ISBN 978-89-374-0937-0

  978-89-374-0802-1 (세트)

* 잘못 만들어진 책은 구입처에서 교환해 드립니다.
* 이 책은 서울특별시, 서울문화재단 '2023년 창작집 발간 지원
  사업'의 지원을 받아 발간되었습니다.
* KOMCA 승인필.

민음의 시

민음의 시
목록